深夜月当花

L·X·W

世间好事

刘心武 著

长江出版传媒 长江文艺出版社

目录
CONTENTS

自序

六十多年前，我还是个中学生的时候，偶然得到一枚书签，上面印着法国作家罗曼·罗兰（1866—1944）的一段话："累累的创伤，便是生命给予我们最好的东西，因为在每个创伤上面，都标志着前进的一步。"当时我已堕入文学的渊薮，除了如饥似渴地阅读中外文学名著，自己也试着写些文章向报刊投稿，屡投屡退，所以感到罗曼·罗兰这段话很对我的榫儿，一次退稿便是一回创伤嘛，但每被退回一次，也就激发我对自己的文章自省一次，渐渐的，似乎也就摸到了一些写文章的门径。后来，到16岁那一年，我的一篇文章终于被《读书》杂志刊登了出来（1958年夏天），那以后的投稿，虽陆续有被发表的，退稿量依然不小。20多岁的时候，因为已在报刊上发表过数十篇小文章，也很受到些冲

1

击，那时才懂得退稿实在算不得什么创伤，生活的坎坷磨炼，远未穷期，因此对罗曼·罗兰的那段话，也就渐渐有了更深的体味。

后来到法国访问，同几位法国知识分子说到罗曼·罗兰，他们都说那是早已过时的人物，现今的法国除了研究文学史的，简直没有人读他的书。平心而论，罗曼·罗兰虽是1915年诺贝尔文学奖的得主，他那大部头的《约翰·克利斯朵夫》也曾风靡一时，而且他在第一次世界大战时期反对不义之战的立场，以及在第二次世界大战期间反法西斯主义的鲜明态度，都令人肃然起敬。然而就全球范围以历史眼光衡量他，确也还算不得多么伟大的作家。

我在少年时代和中年时代读过两遍《约翰·克利斯朵夫》，读得都很仔细，也读过罗曼·罗兰的《革命戏剧集》，以及他其他一些著作，都没有从中发现他上述那段话。但这位作家给予我最可警悟的，反不是我读过的那几百万字的成本的书，而是那小小书签上的一句没有注明出处的话语。

一位作家的一段乃至一句格言式的话语，也是他心灵中开放出的鲜润花朵，竭诚地奉献给读者，有时对读者来说那启迪那激励那引发那愉悦，也并不亚于读他整本的大作。

自己从半个多世纪以前的一个爱好文学的青年，托赖时代给予了机遇，编辑给予了支持，读者给予了厚爱，到2022年8月在国内和海外所出版的著作按不同版本计已有281种，忝列在了作家行列。我原来主要从事小说创作，也兼写散文、评论，后来又写建筑评论，并从事《红楼梦》的研究。近来，我不由得又想到了少年时代所看到的罗曼·罗兰的那句随想；我虽绝不敢以罗曼·罗兰自比，但依我想来，世界上凡属欲推进人类文明的作家，无论伟大的还是稚小的，都好比蘸着心血点燃着的火把，伟大的作家也许犹如屹立的灯塔，杰出的作家也许仿佛巨大的火炬，而平常的作家，小小的作家，他那火把也许十分地小，光热十分地微弱，乃至于只不过等于添了一炷红头香，飞着一只萤火虫，但世界和人类的光明，应是这些光焰的总汇吧！因此我不揣冒昧，拿出了这样一册随想录。我这一册随想，自然充其量只不过是一支细烛，一根火柴，一只流萤，一定有不少谬误和唐突之处，但句句出自真诚，段段心存善意。因此，我想读者批判了我的谬误，原宥了我的唐突之后，也许还能从中多多少少引发出一些有益的联想，获得一些愉悦的感受。倘这本小书里的某一段某一句，能使某位读者对我获得超过读我那些小说所形成的印象，那于我实在是三生有幸。

岁月匆匆，我在近十几年里，引起人们注意的，是红学研究方面的电视讲座和相关专著，其实我在写作上一直坚持种"四棵树"（小说树、散文随笔树、建筑评论树、《红楼梦》研究树），但红学研究树把其他几棵树不同程度地给遮蔽住了，以至于有的年轻人误以为我只搞红学研究。但是，最近出现了一个现象，就是有的读者，特别是年轻读者，因红学研究注意到我，从而好奇地探究"这个人还写过什么"，结果他们就发现了我其他三棵树，我的随笔，也就被再次置于视野中，正好北京时代华语公司愿意做这个选题，我很高兴，希望它能为当下读者增添一个闲暇时的阅读选项。于是又想到，罗曼·罗兰还曾说过："世界上只有一种英雄主义，就是看清生活的真相之后依然热爱生活。"命不由己，运势难驭，但我们既然生而为人，就应该热爱生活，拥抱命运，乐观前行。

刘心武

2022年8月28日于北京温榆斋

不必完美

命运。

我们常常想到这个字眼。

但我们往往是朦朦胧胧地那么一想。

朦朦胧胧，只滋生出一些情绪，诸如怨艾，沮丧，或所谓"淡淡的哀愁"。

让我们廓清薄纱般的朦胧思绪，做些澄明的理性思考。

我们要努力地认知命运。

命是命。运是运。

命与运固然如骨肉之不可剥离，然而倘做理性研究，如医学上的生理解剖，则需先就骨论骨，就肉论肉。

何谓命？

命是那些非我们自己抉择而来的先天因素。

为什么我或你生下来就是这样的性别？

为什么我或你有着现在这样的生父和生母？凭什么我或你得由他们一方的精子同另一方的卵子相结合，从而经过无数次的细胞分裂，而形成胚胎，成为带有胎盘的胎儿，后来又脱出母亲的子宫而成为一个独立的生命？我和你为什么不是另外的一个父亲和另外的一个母亲结合而成的生灵？

为什么我或你有着现在这样的与别人不同的面貌？即或我们是双胞胎或三胞胎中的一个，外人看去我们与同胞落生的兄弟姊妹"何其相似乃尔"，但我们自己很清楚，归根结底我们还是有着与任何一个他人不尽相同的自我面目。固然遗传学解释了我们的面目，说那是有着父亲和母亲的遗传基因在起作用，我们或者有点像父亲，或者有点像母亲，或者竟更像祖父、祖母、外祖父、外祖母，以至于更像某个近亲、远亲，然而揽镜自视吧，我们到头来还是有一个自己的、独一无二的外貌，不管我们喜欢不喜欢，也不管别人喜欢不喜欢，我们竟有着如此面貌，这是由谁暗中规定的呢？

我们落生的时间，又为什么偏偏是那一年那一月那一日那一时辰？听说唐朝是中国最强盛的时代，我们为什么没生在唐朝？又听说21世纪中期我们国家将整体达到中等发达国家的水平，我们又为何不等到那时候再落生？或许你更向往于烽火岁月的殊死战斗，然而你又并未生在抗日战争之前并能恰好在青壮年时投入反法西斯的战斗；或许我更向往于在20世纪初投入五四运动成为新文化运动中的弄潮儿，然而我却偏没赶上那个时代。我们显然不能再重新安排一次落生的时间，我们必须在一张又一张的表格中反复填写同一个出生时间。

我们又为什么偏偏落生在我们无法事先择定的地方？我和你为什么偏属于这一个种族，这一个国家，有着这样的籍贯？

这就是命。

也有人向命挑战。

西方国家有那样的人，他们出于对原有性别的不满，找医生做变性手术，改变自己的性别；也有人出于对自己相貌的不满，做整容手术，使"面目全非"。这也许真的改变了他们某些命定的因素，但毕竟改变不了他们的种族、血型、气质、年龄、籍贯。

当然也有人用伪造历史、隐瞒年龄、改认父母、谎报种族（当然只能往与自己肤色发色瞳仁色相接近的种族上去靠）等等方式企图使"我"消弭而以"新我"存活于世，但在游戏人间之余，清夜扪心，他恐怕也不能不自问：我究竟是谁？而他的答案恐怕也只有一个：他到底还是某一男子的精子和某一女子的卵子的特有结合，并于某年某月某日某时生于某国某地某处的一个独特的生命，在种种伪装和矫饰之下，赤条条的他还是那个"原他"。

命由天定。这不是唯心恰是唯物。

这也无所谓消极，更无所谓悲观。

曾见到一位矮个子女士，我很惊讶于她穿着一双平底鞋，当我问她为什么不穿高跟鞋时，她爽朗地说："我喜欢自己的身高，因为这是一个我自然具有的高度，我不想掩饰自己的这一自然状态，并且，我还以自己的这种自然状态而自豪。"

又曾见到一位肥硕的中年男子，当我问及他为什么不采取减肥措施时，他认真地对我解释说："人体型的肥瘦归根结底是由遗传基因派定的，我父母都是胖子，所以我天生肥胖，而我没有必要去人为减肥；倘若我是后天突然胖起来的，并且有种种不适，那或许还有减肥的必要……不错，熟人给我取了个绰号叫'肥男'，我坦然地接受，我确实是个地道的'肥男'嘛！"

这二位都对非自我抉择而形成的先天状况持坦然的接受态度，甚至于产生一种自豪感。我以为这是对"命"的正确态度。你以为如何呢？

"我长得多难看啊！"一位熟悉的姑娘向我吐露心曲，"见到比我长得漂亮的同辈人，我就总觉得无地自容。"

我不想向她弹唱"重要的是心灵美而不是外貌美"之类的调调，还是契诃夫说得好："人的一切都应是美好的，心灵，面貌，衣裳，思想。"

我也不想教她逃避现实："你其实并不难看。"又是契诃夫，他剧中一位女子对另一位女子说："你的头发真美。"另一位就领悟地说："当一个姑娘长得不美时，人们才会夸赞她的头发。"我熟悉的这位姑娘确实长得难看。难看就是难看，难看是天生的。她把心灵修炼得再美，也终归成不了漂亮姑娘。

我劝她坦率地承认自己的相貌。这承认分两个层面：一，自己确实不好看；二，别人确实比自己漂亮。第二个层面很重要，否则，就容易陷入"阿Q主义"："我难看，哼，你比我更难看！"或"坏蛋才好看哩！漂亮的没好货！"承认了自己难看以后，却还要：一，按自己的实际情况打扮自己，使自己整洁、自然；二，以审美的态度对待比自己漂亮的人。

过了一段时间，我再见到她，她的相貌依然不好看，但她充满了自尊和自信。"天生我材必有用。"她微笑着告诉我，她在做自己喜欢的事，生活得很畅快。

她不向"命"抗争，她顺"命"生活下去，她是对的。

也有另外的例子。美国有位先天脑畸形的人，他五六十年来一直口眼歪斜，发音不清，半身不遂，是个地道的残疾人，然而他不向"命"低头，他学会了运用打字机，他渐渐能用打字机上的句号、逗号、叹号、问号、省略号、括号、花号和其他符号耐心地打成绘画作品，开始是模仿现成的图画和照片，后来是写生，再后来是根据想象创作独特的画幅，结果他成了一位名人，连白宫走廊上也挂了他的画。他可谓向"命"挑战而获得成功的一位英雄。

但切勿用这类特例来激励聋哑人去奋斗而成为歌唱家，无腿畸形人去奋斗而成为世界短跑冠军，长相实在难看的姑娘去争取在选美赛中夺魁。上述那位残疾画家，仔细想来，与其说他是与"命"抗争，不如说他是在"命"所规定的范畴之中求了一个最大值，他没有选择去做一个核物理学家，一位芭蕾舞演员或一支军队的统帅，他也没有勉强自己去用常规的方式绘画，因为他的手根本不能握笔；他其实还是顺着"命"所赋予他的条件，去开掘实际的可能性，他艰苦地学会了操纵经过改装的打字机，使可能变为了现实，他因而成功。

对于"命"，即那些先天的、非我们抉择而在我们生命一开始便形成的因素，我们应当心平气和。

比如我和你，我们都是中国人，都是黄皮肤，黑头发，不管我们现在生活在哪里，持有什么样的护照，在另外一些人眼里，比如在金发碧眼的西方人眼里，我们总还是东方人中的一种。我们的大背景，是一个曾有过灿烂的文明但眼下相对而言经济还不够发达、整体受教育程度不够充分的民族，对于这些不可更改的因素，我们既不自卑，也不必自傲，我们应当非常坦然。我，你，我们就是这样。作为一个个体，我们从实际情况出发。

"生不逢时"是最无谓的感叹。我们没有生在汉唐盛世，我们也没有生在"十六国"的乱世，这既不值得惋惜也不值得喟叹。我们比那些年老的人小许多，我们又比那些才落生的人大许多，这也都没什么好庆幸或羡慕的。我就是我。你就是你。我们就生在某一个特定的时候。那就是我们的生日。坦然地接受这个既成事实。既然我们落生在这个时代，赶上了这个阶段，迎接着眼前的时光，那就让我们好好地对待这条"命"。

为我们的生命，要好好生活。

要好好生活。

但生活不容易。

确实不容易。

这就引出了与"命"相连的"运"。

"运"是什么？

"运"不消说是一种流动、变易的东西。

对于"命",如上所述,我们几乎无法抉择,即使有个别人后来动"变性手术"而改变了"命",一个重要的因素——性别,那也是他那条"命"形成以后做成的事,毕竟他不能在落生前自我决定性别。

然而"运",就难说了。

"运"也有无从抉择的一面。比如我们面临的时代,所处的地域,其间所发生的重大事件,如自然界的地震,人世间的战乱,科技上的划时代变革,文化上的主导潮流,我们就往往很难加以预测,进行预防,或加以回避,与之抗拒。比如1976年唐山大地震时,在那一瞬间人就无法抉择生死;再比如科学已经充分证明了吞食丹砂不但不能成仙,无异于自杀以后,我们即使仍想寻觅长生之道,也不会再做服食丹砂的抉择;还比如当商业广告不但出现在西方世界也出现在我们这样的国家,不仅出现在电视上报纸上杂志上,也出现在街头巷尾,出现在运动场和歌舞晚会场上,甚至出现在公路旁、乡村屋宇的墙壁上时,我们做出一个"凡有商业广告的地方我一概不去,凡商业广告我都不让它入眼"的抉择时,实现起来该有多么困难!

不过,"运"毕竟不同于"命"。"运"有其可驾驭、可借光、可回避、可进击的一面,而且这恐怕是其更主要的一面。

对于"命",我主张心平气和,彻底地心平气和。

对于"运",我却主张心潮起伏。

心潮起伏。起,就是迎上去,热烈响应或者奋然抗争;伏,就是避过去，冷静回旋或断然割舍。

"命"可以做定量定性分析。比如，性别、出生年月日时、籍贯、父母姓名、年龄、民族、血型、指纹、相貌（一寸至二寸免冠正面照），成人后的身高、肤色、发色、瞳仁颜色、牙齿状况，等等。

"运"却往往难以做定量定性分析。

时代、社会、群体，这三者或许还可做出一些定量定性分析。

灾变、突变、机遇，这就很难做出定量定性分析了，特别是在来到之前，而预测往往又是困难的，即便有所预测也是很难测准的。

"运"常被我们说成"运气"。

没有人把"命"说成"命气"。要用两个字，就说"生命"。"命"是生来自有的。

"运"却犹如一股气流。它从何而来，朝何而去，我们或者弄不懂，或者自以为弄懂了而其实未懂，或者真弄懂了而又驾驭不住，或者虽然驾驭住了却又被新的气流所干扰而终于失控，一旦失控，我们便会感叹："唉，运气不好。"

"运"又常被我们说成"时运"。

没有"时命"的说法。诚然，我们的体重、腰围、体温、血压、内脏状况和外在面貌等因素都可能在随时间而变化，但我们的性别、血型、指纹、气质等等方面却无法改变。无论时间如何流逝，直至我们从活体变成死尸，许多"命"中的因素是恒定不变的。

"运"却随时而变。"运"是外在的东西。"十年河东，十年河西""人间正道是沧桑""乱哄哄你方唱罢我登场""人面不知何处去，桃花依旧笑春风""子在川上曰：逝者如斯夫""人不能第二次进入同一条河流""此一时也，彼一时也""明日黄花""随风而去"……这些中外古今无论是悲怆的还是欢乐的，也无论是正面的还是负面的感喟和概括，都证明着"运"有"时"，也有"势"，所以有"时运"之称，也有"运势"之说。

从大的方面把握"时运"和"运势"当然重要。认清时代，看准潮流，自觉地站到进步的一面，正义的一边，这当然是关键中的关键。然而还有中等方面和小的方面。中等方面，如自己所处的具体社区、具体机构、具体群体、具体环境、具体氛围，如何处理好适应于自己同这些方方面面的关系，特别是自己同群体同他人的关系，就实非易事。小的方面，如邂逅、偶兴、不经意的潜在危险、交臂而来的机会等等，抓住它也许就是一个良性转机，失去它也许就是一个终生的遗憾，或者遇而爆发便是一个巨大的灾难，躲过它去则就是万分地幸运，都实难把握。

西方人，特别是受基督教文化浸润的西方人，似乎在承认上帝给了自己及他人生命的前提下，比较洒脱地对待"运"，他们常常主动地去"试试自己的运气"，敢于冒险，比如去攀登没人登过的高峰，只身横渡大西洋，从陡峭的悬崖上往下跳伞，尝试创造一种在我们看来是怪诞的"世界纪录"而进入"吉尼斯世界纪录大全"；他们甚至在本已满好的状态下，仍不惜抛弃已有的而去寻求更新的，主要还不是寻求更新的东西，而是寻求新的刺激，新的体验，他们不太在乎别人怎样看待自己，他们主要依靠社会契约即法律来协调自己与他人的关系；他们的这种进取性一度构成了对东方民族和"新大陆"土著居民的侵略性和攻击性。

东方人，又特别是我们中国人，在"儒、道、释"熔为一炉的传统文化熏陶下，我们认定"身体发肤受之父母"，因此我们崇拜祖先，提倡孝悌，重视人际关系和社会秩序，我们要求个人尽量摆脱主动驾驭"运气"的欲望，我们肯定"知足常乐"，发生人际纠纷时我们宁愿"私了"而嫌厌"对簿公堂"；我们这种谦逊谨慎在面对外部世界时变为了惊人地好客，我们总是"外宾优先"，我们绝不具有侵略性和攻击性，我们的每一个个体都乐于承认："我与群体共命运。"其实"命"是因人而异的，我们表达的意思准确解释起来便是"我们要共命运"。所以我们有句俗话叫"大河涨水小河满"。我们并不是不知道只有小河水流充裕时，大河才不会枯涸，然而那方面的自然现象引不起我们形而上的升华乐趣。

我们不必就东西方的不同文化模式作孰优孰劣的无益思索。既已形成的东西，就都有其成型的道理。

好在现在世界已变得越来越小。已无新大陆可供发现。连南极冰层下那土地也已测量清楚，连大洋中时隐时现的珊瑚岛也已记录在案。已有"地球村"的说法。东方人、西方人，不过是"地球村"中"鸡犬相闻"的村民而已。

东西方文化已开始撞击、交融、组合、重构，对"命"的看法和态度，对"运"的看法和态度，越是新的一代，无论东方还是西方，相似点或共同点似乎就越多。

你挺有意思——今天的人类。

"命"与"运"相互运作时，就构成了所谓的"命运"。听贝多芬的"第五交响曲"，我们最难忘记那"命运敲门的声音"。单是"命"已难探究，因为"命"即使在最平静的时空中它也有个生老病死的发展过程，非静止、凝固的东西；"运"就更难把握了，几乎无时无刻不在变化，而且充满了突变，也就是说，构成"运势"的因素中充满了不稳定因素、测不准因素，"命"加上"运"，而且互融互动，那就难怪有人惊呼"神秘"了。

这种神秘感是宗教产生的根源。自古到今历久未衰的占卜术，其立足点也在于许许多多世人对自我命运的神秘感。对命运的神秘想取捷径而获得诠释，于是去求助于占卜、看手相、看面相。用生辰八字推算命定因素和运势走向。占星相，勘风水，论阴阳五行。比较高深的是演"易"，从《河图》《洛书》到太极图，到先天八卦、后天八卦，进而到八八六十四卦到一万一千五百二十策；又从被动地由人推算到自动地投入，从而又笃信气功，努力开掘自己的潜能异能，行小周天、大周天，做动功和静功，接受"宇宙语"治疗并终于自动发出"宇宙语"，达到"天人合一"，获得最彻底的超越感即超脱感。

我们既不必充分地肯定这一切，也不必彻底地否定这一切。实际上你想充分地肯定也肯定不了，总有强有力的人物站出来给予有根有据的批驳揭伪。而你想彻底地否定也否定不了，也总有强有力的人物包括最受尊崇的大科学家站出来提供有根有据的实验报告和理论推测。

你和我都不必卷入有关的论争。然而你和我都应当承认，"命运"确有其神秘的一面。

无论是人类还是个人，面对神秘的命运，都应现出一个微笑，就像1505年意大利佛罗伦萨的列奥纳多·达·芬奇绘制的那个"蒙娜丽莎"所现出的微笑一样。

那是永恒的微笑。

你看过列奥纳多·达·芬奇的那幅《蒙娜丽莎》吗？

当然。那还用问。

然而，你看得仔细吗？

据说，早有人指出过，画上的那位妇人——传说是当时佛罗伦萨城里皮货呢绒商乔贡达的夫人——实在算不上多么美丽的妇人，你把列奥纳多·达·芬奇别的画也看看，他画的《拈花圣母》《岩下圣母》《丽达》等作品里的女性形象，就远比这《蒙娜丽莎》更丰满、更艳丽，然而《蒙娜丽莎》却成了一幅最成功的作品，不仅在列奥纳多·达·芬奇个人创作中是名列第一位的代表作，也可以说是整个意大利文艺复兴运动中最杰出的代表作，尽管它只有77厘米高55厘米宽，在现在存放它的法国巴黎卢浮宫中属于上千幅油画中较小的一幅，然而它却成了卢浮宫最可自豪的一幅藏品。

再仔细地看看吧。画上的蒙娜丽莎难说是一个完美的形象。她的眼睛还不够大，更不够妩媚，特别是下眼皮，线条太方直而且泪囊太显。别的不多说了。就算她美，那也是有缺陷有遗憾的美。

然而她实在耐看。耐看就是经得起审美。经得起几百年观赏者的审美，为一代又一代的人们所赞赏，你说她美不美？

这就给了我们一个启示：不必完美。因为实际上不可能完美。因而不要去追求完美。

要追求美，但不要追求完美。这也应是你和我对待命运的态度。

附近居民楼里有一个上高中的姑娘自杀了，因为她有一门功课没有考好。仅仅一门，而且仅仅是头一回，并且并非不及格。然而她的心灵承受不住，因为她一贯在班上拔尖儿，从小学到中学，她考试几乎永远第一。谁知"天有不测风云"，偏这回有一门考了个68分，她在追求完美而竟不能完美的现实面前，"宁为玉碎，不为瓦全"，溘然而逝。

这当然是一个极端的、近乎怪诞的例子。可是我们心灵中、行为中的这类"自杀行径"难道次数还少吗？

本来我可以坚持把电视里的《跟我学》学到底，既不是因为实在没有时间，也并没有谁对我讽刺打击拉我后腿，只是由于一两次的耽搁使我有点跟不上，而且更由于感到比同时起步者落了后，不完美了，因而干脆放弃。

本来你不必把福克纳的《喧嚣与骚动》从头读到尾，因为你并非搞文学研究的，也并非要借鉴这部作品以从事文学创作，只是因为你听到那么多朋友向你谈到福克纳如何了不起、这部小说又在文学史上如何有地位，因此你感到有一种心理压力，仿佛你不花功夫恭读这部著作，作为一个知识分子就不完美了，于是你硬着头皮一页页逐行逐字地读下去，终于读完，却无大收获，为此你还耽搁了几桩该抓紧做下去的事。

这当然又是一些太小的，似乎无足轻重的例子。

大一些的例子我们可以在心中默默地检出，并默默地自省。

我们有时总想同周围所有的人都搞好关系。有人说，中国儒家讲"仁"，"仁"就是二人，即中国的传统伦理观念就是搞好人与人之间的关系，人际关系协调了，便达到"仁"的境界了。其实西方人也讲人际关系。认为西方人就是绝对的独来独往，绝对的个人主义，绝对的尔虞我诈，不重视搞好人际关系，至少是夸张了。现代社会，个体已几乎无法隐居，跨国公司和集团化趋势使每一个人都无法遁逃于群体和社区之外，你到中国的外资企业或中外合资企业里试试看，我行我素吃不吃得开？随心所欲玩不玩得转？很可能并不是中方的头头而是西方的经理，头一个来炒你的鱿鱼。所以说，搞好人际关系是重要的。然而，同周围所有的人都搞好关系，你和我，能够做到吗？

不能说绝对不能。你看，有那个别的人，他或她，人家似乎就做到了。然而你和我都是凡人，我们实在做不到。做不到，自然不完美。不完美怎么办？该办的办，不该办的，办不到的，不办就是。

我们当然应该并且也能够和比较多的人协调关系，我们同其中少数人甚或不算太少的人也许还能够建立起比较亲密比较牢固的关系，然而倘若有一些人同我们的关系淡淡的、浅浅的，有个别人我们不喜欢他或她而他或她也嫌厌我们，只要不足以妨碍公益和大局，那就随它去吧！为什么非得强求完美呢？

有一点缺陷有一点遗憾的人生，是有味道的人生。有一点怪异有一点风险的命运，是有意思的命运。

读过契诃夫的《没意思的故事》吗？那里面的主人公，那位老教授，他一切都有了，真才实学，名誉地位，富裕生活，安宁环境……并且他所获得的这一切并不面临哪怕是小小的危机，然而他最深刻最痛切地感受到没意思，这"没意思"是完美造成的，太完美因而也就太凝固，太凝固因而也就太乏味，太乏味因而也就太寂寞，太寂寞因而也就有悲哀。这是一个达到完美的悲剧。

一个人有一个人的命运。

仔细想来，没有两个人的命运是完全相同的。可能相似，然而不会绝对雷同。

这真有意思。想想看吧，我们的"命"固然异于他人，我们的"运"即使在与群体与他人"共享"的前提下，仍有个人"小运"的多姿多彩、诡谲莫测的特异一面。我们的"命运"是自我独具的，它与历史上有过的那些人都不相同，与那些同我们共空间共时间的人们也都不尽相同，并且我们去世后，也不可能有哪一个个人的命运成为我们命运的复制品，我们，你，我，还有他和她，每一个人都是独特的啊！

珍惜我们的"命"吧，因为它是独一无二的！

不要对我们的"运"过分怨叹吧，因为那也是别具一格的！

好好地把握我们的"命运"。

好好生活。

好好度过那属于我们自己独特的一生。

"命中注定"，这话是不对的。倘要表达"命"的非自我抉择的先天因素之不可更改，准确的用语应是"命中固有"。

"注"有流动的含义，流动是"运"的特性，而"命"是未必能左右"运"的，"命"不能"注定"一个人的"运"。

有人以《红楼梦》中的人物为例，把人的命运分为以下几类：

一、无命无运。如贾珠，此人"十四岁进学，不到二十岁就娶了妻生了子，一病死了"。《红楼梦》开篇后即已无此人出场。当然，有的比他更短寿，如秦钟。凡夭折型的人都属此类。

二、有命无运。《红楼梦》开篇便写到，甄士隐抱着女儿英莲到街前看过会，遇上一个癞头和尚与一位跛足道士，那和尚一见士隐抱着英莲，便大哭起来，向士隐道："施主，你把这有命无运……之物，抱在怀内作甚？"那英莲后来果然被拐子拐走，卖给"呆霸王"薛蟠做妾，根据曹雪芹原来设计，最后的结局是被夏金桂折磨而死。凡能苟活颇久而饱受折磨型的人都属此类。

三、有运无命。例如贾元春，她虽然"才选凤藻宫"，又衣锦荣归地回贾府省亲，"运气"真似鲜花着锦、烈火烹油，然而好景不长，没有多久就"虎兔相逢大梦归"了。凡虽能一时显赫荣耀但不能长寿久享者都属此类。

四、有命有运。《红楼梦》中竟难找出最恰当的例子，探春勉强可以充数，她虽"生于末世运偏消"，但到底运来消尽，总比众姐妹或情死或病逝或守寡或被盗或被蹂躏或遁入空门等悲惨的"运"要好一些，所以她的心境比较豁达："自古穷通皆有定，离合岂无缘？"凡命较长运较好或虽有厄运向群体袭来而个体却能有所躲闪的都属此类。

这种分析或许不能入"红学"之正门，但颇有趣。不是吗？

那么，你会问，贾宝玉算哪一种呢？

真是的。搁在哪一种里都"不伦不类"。

贾宝玉有"憎命"的一面。他对自己的性别不满意。他对自己生于富贵之家不仅不感到自豪反而感到自卑。他对自己"胎里带来"的那块"通灵宝玉"不以为然。他对自己所处的由"国贼禄蠹"所把持的社会现实反感。他对"仕途经济"的主流文化深恶痛绝。他与生他的父亲对立，与生他的母亲貌合神离。旁人或者会认为他"命好"乃至于艳羡、嫉妒，他却常常陷入深深的痛苦，他有时的心境恐怕万人都难理解，如第十五回写到，他和秦钟随凤姐坐车去铁槛寺，路经一个小村，见到一位穷苦的二丫头，宝玉竟舍不得这偶然邂逅的农村和村姑，以致"一时上车，……只见二丫头怀里抱着她小兄弟……宝玉恨不得下车跟了她去"。

贾宝玉对"运"却往往"随运而安"，说他是有叛逆性格，似乎过奖，这里不去详论。

贾宝玉的"命"如何"运"如何难以评说。他给我们的最深刻印象是：享受生活。

他把生活当作一首诗、一首乐曲、一个画卷来细细品味，他是生活的审美者。

贾宝玉也许并没有教会我们叛逆，教会我们抗争，教会我们判断是非、辨别善恶，但贾宝玉启发了我们，即使在最污浊的地方也能找到纯洁的花朵，在最腥臭的角落也能寻到温馨的芬芳，他教会我们发现并把握生活中最实在最琐屑的美，并催赶我们细细品味及时受用。

"使命"。"使命感"。

这是两个很大的词语。

"命"虽属于我们自己，但我们又都不可能脱离群体。因此，群体的"命"也关联着我们的"命"。这样个体就得为群体承担义务，当然，在这承担中也应享有一定的权利。个体对群体承担义务，这就是"使命"吧。对"使命"的自觉意识，便是"使命感"吧。

我们应当接受"使命"。应当有"使命感"。

当然，对同一时代、同一民族、同一阶段、同一现实中的"使命"，人们有时并不能形成共识，因而"使命感"便会形成分歧，酿成冲突。在那样一种情况下，个人对"使命"的抉择，个人"使命感"所产生的冲动，便可能构成个体生命史上最惊心动魄的一幕，个体的生命也就完全可能在那一刻落幕。

也许悲壮。也许悲哀。

也许流芳百世。也许遗臭万年。

人的生命意识完全由"使命感"所主宰，那也许会成为一个大政治家。

然而，世上绝大多数人都很平凡，他们懂得"使命"，对群体对社会有一定的"使命感"，却并不由"使命感"主宰全部生命意识。他们有自己一份既为社会做出贡献也为自己挣出花销的正当工作，他们诚实劳动，他们安心休息，他们布置自己的私人空间，他们有个人的隐私，他们享有并不一定惊人的爱情和友情；他们或有天伦之乐，或有独身之好，他们把过分沉重深邃的思考让给哲学家，把过分突进奥妙的发明创造让给科学家和发明家，把过分伟大而神圣的公务让给政治家，他们对过分新潮的超前艺术绝不起绊脚石作用，却令大艺术家们失望地以一些凡庸的艺术品作为经常的精神食粮，他们构成着"芸芸众生"。你是超乎他们之上的，还是他们当中的一员？

忽然想到有一回去北京博物院参观，在饱览了那黄瓦红墙、汉白玉雕栏御道的宏伟建筑群后，出得景运门，朝箭亭往南漫步，不曾想有大片盛开的野花，从墙根、阶沿缝隙和露地上蹿长出来，一片淡紫，随风摇曳，清香缕缕，招蜂引蝶；俯身细看，呀，是二月兰！又称紫罗兰！那显然不是特意栽种的，倘在当皇帝仍居住宫内时，想必是要指派粗使太监芟除掉的，就是今天开辟为"故宫博物院"后，它们也并非享有"生的权利"，我去问在那边打扫甬道的清洁工："这些花，许我拔下来带走些吗？"她笑着说："你都拔了去才好哩！我们是因为人手不够，光游客扔下的东西就打扫不尽，所以没能顾上拔掉它们！"我高兴极了，拔了好大一束，握在手中，凑拢鼻际，心里想：怎样的风，把最初的一批紫罗兰种子，吹落到这地方的啊！在这以雄伟瑰丽的砖木玉石建筑群取胜的皇宫中，只允许刻意栽种的花草树木存在，本是没有它们开放的资格的。然而，它们却在这个早春，烂漫地开出了那么大的一片！那紫罗兰在清洁工的眼中心中，只是应予拔除的野草，而在我的眼中心中，却是难得邂逅的一派春机！

这也是一种命运。

我便谨以这一束思考，作为献给命运的紫罗兰。

喜欢自己这独特的生命

生活。

生，意味着非死亡。活，意味着非死亡的个体在世界的时空中活动着——既在大自然的怀抱中，也在社会的网络中。

生活……

看到我写下以上几行，妻说："怎么，你又要像谈命运那样，一味地严肃，一路地沉重么？"

我停下笔，微笑了。

是的，我要微笑地看待生活。

我微笑地看待生活，于是，生活也对我呈现出一个微笑。

去年春天，宗璞大姐从北京大学燕南园打电话来，约我和妻去看丁香花。其实这邀请发出两三年了，但以往的春天，不知怎么搞的，心向往之，却总未成行。去年春天，我们去践约了。

宗璞大姐他们居住的"三松堂"外，临着后门后窗，就有好大几株白丁香。但宗璞大姐说先不忙赏近处的，她带着我们，闲闲漫步于未名湖畔，寻觅丁香花盛处。宗璞大姐写过在燕园寻石、寻墓的散文，那天宗璞大姐领着我们寻丁香，却不是用笔，而是用她的一颗爱心，抒写着最优美的人生散文。

看过紫得耀目的大株丁香，嗅过淡紫浓香的小丛丁香，也赏过成片的白缎剪出绣出般的丁香，宗璞大姐引领我们来到一栋教学楼后，在松墙围起的一片隙地中，我们发现了一株生命力尤其旺健的紫丁香，不仅枝上的花穗繁密，而且，从它隐伏在地皮下的根系中，竟也蹿出了许多的嫩枝，有一根枝条，把我们的眼睛都照亮了，因为它蹿出地面后，不及一尺高，却径自举起了一串花穗，且爆裂般盛开着！我们的眼，把那一小株从地皮中拱出的丁香花，热烈地送进我们的心房，我们的心房因而倏地袭来一股勃勃暖流——啊！生命！啊！生活！

那天回到宗璞大姐家的书房，我们从那株径直蹿出地皮、径直烂漫开放的丁香花谈开去，谈得好亲切，好幽深，谈出好大一个橄榄，够我们在今后的人生旅途中品味个够！

捧着一大把从宗璞大姐家窗外剪下的白丁香，同妻一起返回城中家里，立即取出家中最大的瓷瓶，灌上清水，将那一大捧丁香插了进去。那一夜，丁香的气息充溢着我们居室，也浸润着我们的灵魂。

热爱生命。热爱生活。

这应是一个命题的两种表述方式。

20世纪初，美国小说家杰克·伦敦那篇《热爱生命》，打动过多少人的心。连忙于组织社会革命的列宁，读了这篇小说后也深受感染，以致他的夫人克鲁普斯卡娅在晚年撰写的回忆录中，专门记下了这一桩事。冰天雪地中，一只饿狼固执地追随着一个断粮断水、最后只好匍匐前进的淘金者，他只要松懈半分，那饿狼就会用最后一点力气扑上来，喝他的血，吃他的肉，从而结束一只兽追赶一个人的故事，然而那人凭着热爱生命、渴望继续生活的顽强信念和超人毅力，终于爬到海边，遇上了路过的海船，从而以兽的失败和人的胜利，结束了那个紧张得令人喘不过气来的故事。

在兽的追逐中，且是对方略占优势的角逐中，人咬着牙奋斗过来了，保住了生命，因而从此又可以展开丰富多彩、蓬蓬勃勃的生活，这故事具有普遍的象征意义。相信这世界上有许多读者同列宁一样，喜欢这篇小说。

宗璞大姐带着我们在燕园寻觅丁香时，所见到的那株直接从地皮中蹿出，并径直开出一穗花朵的紫丁香，该也是一个能同《热爱生命》媲美的故事。

要同那株丁香一样，喜欢自己这独特的生命，并自豪地开放出自己的花朵。也许，它太急了一点，太莽了一点，然而，那也是一种绽放生命的方式，也是一种拥抱生活的手段。

那株小小的丁香，在宗璞大姐和我们心中，永不凋零。

在谈命说运的过程中，我谈来谈去，最后把落点放在了"享受生活"上。

是的，要能够，并善于享受生活。

"什么？享受生活？"有人听了或许会耸起双眉。

一种是由于误会。认为我主张人生不必奉献，只图一味享受。或者能够领会我意，但担心我会招致这样的訾议——你是不是主张一味追求吃、喝、玩、乐呢？

一种是由于不屑。生活的意义应即事业，而对事业的执着追求，常会导致牺牲生活，而这种牺牲是高尚的、辉煌的、伟大的，你提出享受生活，岂不太庸俗、太猥琐、太渺小？

我想，误会应当消除，鄙夷、不屑似也不必。人是个体，然而人不能单独存在，我们常说："不是在真空管里。"然也！人是社会动物，因而人必有社会义务，也必有社会责任。人须为社会、为世人做出贡献。不为社会、他人做出贡献的人，或是剥削者，或是凭借坐享遗产、倚仗权势、突发横财等等因素存活于世的角色，都不在我议及的范畴之内。当然，世上过去有过，现在亦不少，将来想必也仍会有，那样一种百分之一百将自己奉献给社会，或百分之一百将自己奉献于事业（这事业或许暂被社会所不解不容）的人物，如谭嗣同式的革命家（他在"戊戌变法"失败后有充裕的时间和充分的条件逃走，然而他"我自横刀向天笑"，不惜坐等被捕和砍头，以自我的牺牲警醒同人）；又如某些一生不恋爱、不结婚、粗茶淡饭、布衣素鞋，完全扑到研究课题上的科学家……他们的高尚、辉煌、伟大自不待言，然而关于他们那样的人物的生命和生活，应做专门的研究，我自知于那样伟大的人格只有崇敬而不能透视，所以，只来谈平凡的人物的平凡生活。

就凡人而言，我仍认为，一定要懂得并善于享受生活。

妻是一所印刷厂的装订工人。她技术娴熟，掌握全套精装书的工艺流程，经她手装订出的书，我想已足可绕地球赤道一周。妻生下我们唯一的爱子不到一年，便去参加当时"深挖洞"的"战备劳动"，结果身体受损，至今仍显瘦弱，但妻有一个特点，就是极少失眠。我因系"爬格子的动物"，又属"夜猫子"型，所以妻入睡后，我常仍在灯下伏案疾书，这时妻平稳的鼻息，便成为我心灵流注中的一种无形伴奏。我很羡慕妻的不受失眠折磨，她说："我一天为书累，为你和孩子累，上床的时候心里坦坦然然，为什么要失眠？"我想这世上无数平凡的"上班族"，无数的普通劳动者，都同她一样，诚实劳动，默默奉献，他们带着一颗无愧的心上床，上帝也确实不该罚他们失眠。当然，这并不等于说失眠者便都是为上帝所罚，即如我，因选择了作家这一职业，又养成了昼夜不分、随兴而动的习惯，所以夜间失眠是常有的事，但我自知并非做了什么亏心事，清夜扪心，于失眠中还是很坦然的。

　　在诚实劳动、竭诚奉献的前提下，自自然然地享受单属于自己的那一份生活，这启示还是来自妻的。

　　妻爱逛商店，穗港人称之为"行公司"。我原来最惧怕的，便是妻要我陪她"行公司"，我常常惊异于她的兴致何以那么浓厚——比如对我们家根本不需要的货物，或以我们的消费水平根本不能问津的货物，她也能细细检阅、观览一番，似乎当中有许多的乐趣；倘若她决定购买某种物品，那么，好，售货员是必得接受"服务公约"上那"百问不烦，百拿不厌"的考验了，我就常在柜台外为售货员鸣不平，催她快下决心。直到很久之后，我才略能领会她那认真挑选中的乐趣——那是一种于女性特别有诱惑力的琐屑的人生乐趣，是的，琐屑，然而绝对无害甚至有益的人生乐趣——我现在懂得，妻那样认真地用纤纤十指装订了无数的书，奉献于社会，那么，她用纤纤十指细心地在社会设置的商品交换场所里挑选洗面奶或羊毛衫，并以为快乐，实在是顺理成章的事。

妻喜欢弄菜。在饭馆吃过某种菜，觉得味道不错，妻就常回家凭着印象试验起来，倒并不依仗《菜谱》。妻一方面常对我毫不留余地倾泻她的牢骚："你就知道吃现成饭！你哪里知道从采购原料到洗刷碗盘这当中有多少辛苦！"这时候我觉得她就是"三闾大夫屈原"。另一方面她又常常一个人在那里琢磨："这个星期天该弄点什么来吃呢？"我和儿子出自真心地向她表态："简单点，能填饱肚皮就行！"而她却常常令我们惊异地弄出一些似乎只有在饭馆里才能见到的汤菜来——除了中式的，也有西式的；当我和儿子咂嘴舐舌地赞好时，她得意地笑着，这时我又觉得她就是刚填完一阕好词的"易安居士李清照"。当然太频密是受不了的，但隔两三个月请一些友人来我家，由她精心设计出一桌"中西合璧"的饭菜，享受平凡人的吃喝之乐，亦是她及我们全家的生活兴趣之一。我出差在外，人问我想家不想，我总坦率承认当然是想的，倘再问最想念的是什么？我总答曰："家中开饭前，厨房里油锅热了，菜叶子猛倒进锅里所发出的那一片响声！"这当然更属琐屑到极点的人生乐趣，然而，如今我不但珍惜，并能比以往更深切地享受。

写了几年小说，挣了一些稿费，因此家中买来了一架钢琴。客人见了总千篇一律地问："给儿子买的吧？请的哪儿的老师教？"

其实，倒并不是冲着儿子买的。妻虽是个平凡到极点的装订工，但爱美之心，人皆有之，她亦绝不例外。美的极致，有人认为一即音乐，一即高等数学，高等数学之美，少有人能领略，音乐之美，却相当普及。妻上小学时，家境不好，而邻居家里，就有钢琴，叮咚琴声，引她遐想，特别是一曲贺绿汀的《牧童短笛》，她在少女时代的梦中，就频有自己竟坐在钢琴前奏出旋律的幻境。因此当我们手头有了买下一架钢琴的钱币时，她一议及，我便呼应，两人兴冲冲地去买来了一架钢琴。钢琴抬进家门时，我俩都已年近40，然而妻竟在工余饭后，只凭着邻居中一位并不精于琴艺的老合唱队队员的指点，练起了钢琴来，并且不待弹完整本"拜厄"，便尝试起《牧童短笛》。也许是精诚所至吧，一曲连专业钢琴手也认为是难以驾驭的《牧童短笛》，经过一年的努力，硬被她"啃"了下来，后来又练会了《致爱丽丝》《少女的祈祷》等曲目，自此以后，我家的生活乐趣，又大有增添。在妻的鼓励下，我以笨拙的双手，也练会了半阕《致爱丽丝》。当春风透入窗隙，或夏阳铺上键盘，或秋光泻入室中，或窗外雪片纷飞，我和妻抚琴自娱时，真如驾着自在之舟，驶入忘忧之境。我们的儿子反倒并不弹琴。

感谢生活，给了我们一架钢琴。感谢钢琴，使我们能更细腻地品味生活。

我们常常过分向往于名川大山，而忘记了品味家门前的风景。

这些年来，我逛了不少名胜古迹，不仅有神州大地上的，也有东洋和西洋的。名胜古迹自然了不起，有的，虽仅去过一次，那印象确实是铭刻到了灵魂深处，恐怕要到"此生休矣"时，方可泯灭了。然而，逛名胜古迹，常常不能从容。走马观花的，倒居多数。有的名胜，去时正是旅游旺季，闭眼一回想，竟是密密的游客，遮掩着名胜的全貌，面对着经过特殊处理的"最佳景色"明信片，常常不禁自问："我真的去过这个美丽的地方么？"有的古迹，离开了历史资料和内行解说，览之便无大意趣。所以，在人生的乐趣之中，游览名胜古迹之乐虽大可揄扬，却亦不必夸张。

有一回，我参加一次远郊的旅游，跑了好远的路，耗费了好大的精力，而所见到的"新开辟风景点"，却景色平平，特别是因缺乏必要的配套措施，小摊档杂乱，满处乱扔着空瓶纸张，令人大失所望。然而，当我渐近家门时，却忽然发现，在夕阳映照下，离家门不远的树丛中，几簇早红的秋叶，在晚风中优雅地摇曳，而树下并未经意栽种的草丛中，兔尾草的茸毛在逆光中格外生动，几只瘦骨伶仃的蜻蜓，飞舞在草丛之上，而几株金黄的多头菊，隐隐从树后显现，一些蒲公英的种子，悠悠地飘动在空中……我不禁大吃一惊，原来我家门前，便有可观之景！而我竟忽略不赏，非汲汲孜孜地跑到那么远去"凑热闹"，真好笑！我在那家门前的"风景区"中，一个人静静地流连到暮色苍茫，这才款款走向家门。

据说法国雕塑大师罗丹说过，美其实是无处不在的，关键是你要有一双能发现美的眼睛。名胜古迹之美，是早由别人发现，让我们去享受现成的，游览观赏名胜古迹自然是一种重要的人生乐趣，我丝毫没有贬低的意思，纵使要贬低也只能是"蚍蜉撼大树"，但这里我要强调的，是经过我们自己搜寻、发现的美，更能构成我们人生途程中的一种惊喜，而这种美，往往就在我们家门口！我们千万不要忽略了家门口的风景啊！

家门口，也许连一株像样的树都没有，更没有花草，家门口也许确实无丝毫风景可言。

家门里呢？有人说，难道布置得漂亮一点，也就算风景么？有人说，家内之美，不在家具摆设如何堂皇富丽，更不在值钱物品如何充盈，全在情调和氛围是否高雅脱俗……我是一大凡人俗人，不敢妄论高雅，且各人口味不同，高雅的标准也各异，再说家门里是地道的私人空间，人家乐意那样，你作为客人见了腹诽为俗，既无意义也无必要。但我认为每个家庭仍都有着似乎相同的风景——那就是入夜以后，家家燃亮电灯，从家门外望过去，那一窗粲然的灯火！

"万家灯火"，常被我们用作描摹城市夜景的词汇。细想起来，其间有多少人生滋味！我每次外出回家，在走近家门前，总不禁要驻步凝望自己家的那一窗灯火。我与妻在那灯火下也曾争吵、怄气，我们两口子在那灯火下也曾为儿子的舛错着急、吵嚷，我们小小的家庭自有着小小的悲欢，凡庸的歌哭……然而在这茫茫人海，攘攘人世，那一窗灯火之下，究竟有着我的家，有着一个可供我周旋于社会后憩息泊靠的小小港湾。我爱那一窗灯火。

几次去拜望冰心老前辈，她在同我娓娓闲谈中，几次谈道：

"灾难里，人不寻短见，很重要的，是还有一个家支撑着。"后来读到她女儿吴青的一篇文章，比较详细地讲述到了"十年动乱"之中，她父母受冲击的状况，最严重的人格侮辱，是把从她家抄出来的旗袍、项链一类的物品，摆在一间屋子里开了个展览会，当然是批判"丑恶的资产阶级生活方式"，而每天展览室开放时，都要她母亲胸前挂一个大黑牌，在门口低头接受批判，这自然是令人难以忍受的肉体和灵魂的双重蹂躏。然而她们一家都从那最黑暗的状况中挺下来了，因为每晚他们毕竟仍能聚在一个屋顶下，仍有着一盏属于他们小小私人空间的灯火，在那屋顶下，在那灯火中，他们互相慰藉，相濡以沫，大动乱的狂浪中，他们就凭借"家"这艘没有破碎的小船，终于熬到了风平浪静、噩梦过去是清晨的一天。

所以，珍惜自己的家庭，享受家庭的天伦之乐，在属于自己一家的私人空间中，在同一屋顶下，在白天的同一束日光之中，在夜晚的同一盏或数盏灯火下，相互以慰藉，以激励，以启示，以挚爱，而构成个体生命的支撑力之一，我以为是必要的和重要的。

"家？"

一位年轻的朋友露出一个鄙夷的微笑，坦率地对我说：

"你太保守了！我崇尚爱情，然而，家庭是爱情的坟墓，这是至理名言！我愿永在恋爱之中，而不愿将自己埋葬于家庭！"

我是否保守，可请为我做鉴定的人去反复斟酌考定，兹不讨论。这位年轻人的看法，我很尊重。因为像恋爱、婚姻这类事情，尽管都含有相当的社会性，然而大体而言，属于个体生命的私生活，当可允许在不触犯法律及不违背公德的前提下，各自保持种种独特的看法和做法。我个人的婚姻是稳定的，佪我有若干极相好的朋友，相继发生了婚变，我以为我的稳定和他或她的变化，都是我们各自的私事，稳定的不好谥为"保守"，变化的更不能判定为"新潮"或"轻率"。我们互不干涉私生活，所以我们仍是朋友，有的离异的双方原来都是我们的朋友，他们离异后双方已不再来往，却都各自同我们保持来往，我们之间相处得都很好。

"家庭是爱情的坟墓"，相信是不少人的经验之谈，流传至今并有人笃信，也是自然之事。我想这种情况是一直存在的，但却不能成为一条公理，否则，当我们望见城市的"万家灯火"时，岂不要毛骨悚然——难道那是"万座坟墓"在鬼火憧憧吗？

我主张在人生中细品家庭的平凡琐屑之乐，丝毫也不是想否认或抹杀另外的许多人生乐趣。

我就有一位极要好的朋友——不仅是我的朋友，也是我妻的朋友，并且我儿子长大后，他们也蛮有得可聊，所以是我们全家的挚友——他一直独身。以我对他的了解，我可以断言，他的独身，是自愿的，并是幸福的。在这千姿百态的世界和人生中，他所品尝的人生之果，便是独处的乐趣。

因为我自己是早就结婚并一直过着小家庭的生活，所以我不敢盲目描述和抒发像他那样的独身者的独特乐趣。但即使以我们的小小家庭而言，再怎么奢言我们的和谐安乐，也不能掩盖我们各自都是一个独立的个体这一铁的事实，既然我们三人毕竟各是各，我们就不可能没有相互排拒、相互回避的一面，也就不可能没有一种想在某一段时间里默然独处的强烈欲望。

默然独处，也是一种人生享受。

妻公然对我和儿子总结说："这几年里过春节，我最快乐的一天，就是去年初三那天，那天我让你们去姑妈家拜年，自己一个人留在了家中，而且掐断了电铃的导线，紧关房门；我也没躺下睡觉，也没守着电视机，也没翻书看报，也没嗑瓜子吃零食；我就一个人坐在沙发椅上，让阳光射进来，铺满我全身，我把全身关节放松，把心思也放松，就那么悠哉游哉地一个人待着……我当然想到了很多很多，但既非国家大事，也非家庭小事，既不怨恨谁，也不想念谁，既不为什么而自豪，也不因什么而惭愧，我想到许多许多美丽有趣的事情，例如上初中时，我们跳'荷花舞'的情景，还有小时候，邻居王姨跟我讲《红楼梦》的那些个语气表情，还有一回买到过既便宜又香甜的红香蕉苹果，以及有一年夏天，在颐和园看到过的一朵白得特别耀眼的荷花……哎呀，真是舒服极了！快乐极了！最后我想，你们都走了，多好呀！一个人也不来，多好呀！一个人这么待一阵，多好呀！"

人之独处，需要有一个"私人空间"。

这类的话我们听得太多了：人不要总是关在屋子里，人一定要经常走出屋门，即便一时去不了田原山川，就在街巷的行道树下散散步，在楼区的绿地中舒展舒展腰肢，也是于身心两利的；倘能进一步领会到大自然的雄奇瑰丽，能自觉地投身于大自然的怀抱，并以一片赤诚之心拥抱大自然，直至达于融会无间的程度，则人生的幸福、心灵的领悟，便都尽含其中了！……这类的劝诫不消说都是至理名言，我也持有相同的看法。但是，以我粗浅的人生体验，我却觉得，在目前的中国，尤其在目前中国的大城市中，许许多多凡人的苦恼，倒还不是风景名胜的不够繁多，公众娱乐场所的缺少，每人所平均享受的绿地数量如何微小，以及在享受大自然方面还如何地不方便……那排在第一位的苦恼，大半以上是对私人空间的渴求悬而未获，如一大家子人，老少几辈仍合住在一处湫隘的房屋中；已婚颇久的夫妇，仍未能得到独立的住房；独身的青年男女，长期只能在两人以上的多人合住的宿舍栖身；虽已有一处住房，但夫妻各自并无独有的空间，兄弟或姐妹仍需合住一室，乃至大儿大女仍需将就一处……这似乎就扯到住房问题上去了，我写过这类题材的小说，如中篇《立体交叉桥》，就细腻展现和深入剖析了住房狭窄所派生出的人性扭曲、心灵碰撞。

这里且撇下居住空间和心灵空间的交互作用这一角度，单说说作为个体生命的一种几乎无可避免的"洞穴需求"。人是从动物进化而来的，或更坦率地说，人是从兽进化而来，因而，人性中的兽性问题，就是一颗重要的研究课题，而在这一复杂的问题中，人的心灵中所潴留的兽类生活习惯的积淀，如在自择的封闭空间中能增加安全感，便是很值得抬出来探究的一种心理，我们姑且戏称为"洞穴需求"——亦即一种潜在的对"私人空间"的最低限度的需求。幼童在听了鬼故事或因其他原因产生恐怖感后，常在夜晚用被子严严地蒙住头；孩子在挨了老师训斥或家长的挞伐后，常愿躲进暗暗的角落，乃至柴火堆中、橱柜里面，蜷缩着暂避一时；成人在遭了侮辱或经受刺激后，也常愿一个人单独待在一间紧闭屋门（从里面锁紧）、严遮窗帘（忌讳他人窥探）的屋子里；即或仅仅是因为疲惫，人们也常常发出恳求："请让我一个人待一会儿……"

　　人就是这样常常需要一个哪怕是小小的、简陋的"洞穴"。在现代社会中，便是需要一个六面体——属于个人的"盒子"，即一处可由个人自由支配的房间；现代人到生命结束之后，也仍需要一只"盒子"，实行土葬的用棺材，实行火葬的用骨灰盒，有的民族有的宗教徒不用"盒子"，但所挖的葬尸穴也便是一只无形的"盒子"。当代西方社会，以及一些国民生产总值人均数目颇高的国家和地区，在住房的"大盒子"和死后所需的棺木"小盒子"之间，还有一种装着轱辘的"中等盒子"是必不可少的，即私人轿车。所以，在谈了许多关于人如何应到大自然中去尽情享受宇宙精华之后，我们也无妨来谈谈人如何应争取到一个私人空间，来合情合理地享受自己的那一份暂与大自然隔离开并且也暂与喧嚣的社会生活隔离开的宁静与快乐。

　　这就必然要说到隐私。人作为个体，当然有私的一面，而隐私，则几乎无人没有。凡不伤及他人和社会的隐私，他人及社会都务需加以尊重。人除了服务于社会、造福于他人，退到私人空间中时，当可安享处理隐私之乐。即以夫妻之间而言，我以为最和美的夫妻，如司马相如与卓文君，梁鸿与孟光，恐怕也都各自有着自己的隐私，有时就需要避开对方，独处一室中加以处理。在现今欧美等经济比较发达的国家，夫妻除了合用的起居室、卧房等房间外，一般都各自仍有一间自己的"书房"，说是"书房"，其实不一定是用来看书和写作，那即是享受隐私处理权的个人"洞穴"，丈夫进入妻子的或妻子进入丈夫的"洞穴"前，一般都要先敲门，经允许后方可入内。在我国目前的情况下，这样的条件一般都不具备，但虽同居一室，夫妻各有自己的箱笼，以及各有自己的专门抽屉，存放一点"私房钱"，或少男少女时期的纪念品，乃至婚前收到的非现配偶的情书、相片，等等，应已均非罕事。除了夫唱妇随或妇唱夫随的琴瑟相合之乐而外，夫妻各人独处时，清点一下自己的"私房"，重温一下少时旧梦，咀嚼品味一番只属于自己的人生曲调，当也是重要的人生乐趣之一。

人在社会热闹场中感到满足或疲惫了，便渴望有享受独处之乐的时空。人又不能总是独处，独处之乐达于充盈后，人便又愿投向社会，倘这种愿望遭到冷淡乃至排拒，则又会产生孤独感。

最近读到一位小我十多岁的学者的文章，讲到他当年在东北农村插队时，为寻找一位理想的谈伴，有时不得不步行十几华里，往返于苍莽田原之中，那寻求的艰辛，那交谈的快乐，非笔墨所能形容。

我深有同感。即如去年冬天一个晚上我忽然觉得有满肚子的话语，不便向弱妻憨子倾诉，而满楼邻居中，虽不乏对我充满好意之人，竟也无一可作为那时我心灵交流的理想对象。于是我毅然下楼，冒着凛冽的寒风，骑车奔向几公里外的一座楼中，敲开了一扇门——我欣喜他在家，而他也很欣喜我的突然造访。他家居住条件比我家差许多，一间居室夫妇共用，一间居室老母幼女合住又兼做饭堂客厅，门厅很小，只能放下冰箱和洗衣机。我俩聊天，必妨碍他的家人，但他让家人安歇后，便把我引到厨房中，关上门，一人一只小凳，一人一杯热茶，中间一盘炒葵花子，陪着我畅快地聊了一夜，直聊到窗外由黑转灰，由灰转明……

他是我最好的朋友。

人在孤独感袭来时，所渴求的，往往并不是妻儿老小、情人骚客，排在第一位的，是朋友。

关于朋友，关于友谊或友情，世上有过那么多的描绘与论述，我也一度笃信过若干样板和定论。然而，细想起来，"陌路相逢，肥马轻裘，敝之而无憾"，绝非朋友和友情，应属义士和义举；"路见不平，拔刀相助"，则只是侠客与豪行；"有福同享，有难同当"，也很可能只是一个"一荣俱荣、一损俱损"的社会利益集团；解囊相助，相濡以沫，也只不过是困厄中的难友；不断提供新鲜信息和诚挚忠告，又很可能只仿佛师长；即使遭受威胁利诱，乃至严刑拷打，仍绝不出卖吐口，则当称革命同志……以上种种，似都全非或不全合于朋友和友情的界定。

依我的个人体验，朋友是那样一种人，当你感到孤独，而欲倾诉交流时，他或她能够乐于承受你的倾诉和交流，反之亦然；而友情的体现，也并非一定是提供忠告，给予慰藉，更并非一定是给予切实帮助（有的事是实在爱莫能助的），最真切的友情，是当你倾吐出最难为情的处境和最尴尬的心绪时，他或她绝不误解更绝不鄙夷，他或她对你已达成永远的理解与谅解，反之亦然。总起来说，可以不设防而对之一吐为快的人，即是你的朋友。

我想那位当年奔波于东北黑土地上的插队知青，他寻求谈伴的标准，可能比我上述界定的朋友要高，他的前提，是对方一定要有与他等同或超过的智力水平与知识积累，并在相互交谈中，要撞击出思想的火花，生发出创造性思维的快乐。有那样的朋友当然更好。我所说的那位冬夜中与我在厨房中倾谈的朋友，时常也能达到那样的水平。但以我一颗易于满足的心而言，纵使他只是承受我的倾吐，而并未主动迎击上来碰撞出思想的火花，予我以哲理的启迪、以诗情般的慰藉、以彻底解脱的痛快，我也其乐融融了。

那是怎样一个冷寂的冬夜啊，北风在窗外磨盘转动般地呼啸着，居室中又不时传来他老母和妻子的鼾声，我们对坐着交谈，嗑出一地的瓜子皮……

既然落生在世，茫茫人海中，应觅到知音。享受友谊吧，相互不设防地倾诉和倾听，该是多么金贵的人生乐趣！

我爱我的儿子。

儿子从小戴着眼镜，初次到我家做客的人见了总不免要问："近视眼吗？多少度？"

总做出如下的回答："不是近视，是远视，很难矫正哩！"

其实，更准确地说，应是左眼有内斜的毛病，因内斜而远视，由于久经校正而收效甚微，现在已成弱视。一直说实在矫正不过来就去同仁医院动手术，但那只有美容的意义，左眼可不再略显偏斜，却无法改变弱视，甚至还会导致近盲效应，所以，至今也就还没有去动手术。

　　儿子的左眼为何内斜？是先天的还是后天的？若说先天的，他两岁以前，我们只觉得他一对黝黑的瞳仁葡萄珠般美丽，从未感到左眼略向内偏；若说后天的，可回忆出两岁多刚会唤人时，被邻居中一位鲁莽的小伙子抱到他家去玩耍，后忽然听得我儿大哭，随即他抱着我儿来我家连连道歉——在他没抱稳的情况下，我儿一下子摔向了他家饭桌，正好磕着了眉骨，且幸没有伤着眼珠。当时心中大为不快，但人家绝非故意，而看去也确乎只是左眉红肿一块，眼珠依然黑白分明，只觉得是"不幸中之万幸"，便敷上一些药膏，渐渐也就平复；但后来又过了不知多久，忽觉我儿左眼球内斜起来！那绝无恶意的邻居莽小伙儿，怕就是导致我儿左眼出现问题的祸首吧？不过后来医院里医生细细检查之后，却又说很难断定是后天摔碰所致，有的先天缺憾，是要到孩子渐大以后，才由隐而显的——于是，后来我就对妻说："你也这样想好了，都是我那精子里潜伏的遗传密码，导致了这一后果。"她颇不以为然，我却从这一自我定性中，获得了很大的心理满足。

　　我满足于：儿子毕竟是我这一个体生命的延续，我愿我生命中的种种优势遗传给他，我也承认我必有显性或隐性的弱点乃至劣势，延续到了他的个体生命之中，我坦然地承担我对他先天素质的全部责任，同时，我相信就如同我从不怨责我的父母给我遗传着某些弊病似的，我儿将来也不会怨责我没有把他生成得更完美更具有在这人世上的生存竞争优势。

　　我从没觉得我儿如何超常地可爱，超群地聪明，然而不管怎么样，他是我的——我的亲子，因而我有浓酽的父爱。我常常亲吻和抚摸我的儿子。

十几年以后，我儿长成一个大小伙子了，当年邻居中他的一位同龄人，也长成一个大小伙子了，那小伙子有一天到我家新住处来玩时，对我这样说："刘叔叔，我真羡慕他——"他说着指着我儿，"您从小就总抚摸着他，我小时候可没人抚摸过我，稍大点以后，我渐渐懂事了，看见您把他揽在怀里，轻轻抚摸，心里就痒痒；到后来，再看见这种情形，我就浑身的皮肤，全都麻躁起来！……"啊，他所说的，即"皮肤饥渴症"，他生母早逝，生父娶了后妻之后，两人都对他非常不好，尤其是后母又生下个弟弟后，他简直就成了"多余的角色"，从未给予他轻抚柔摩的父爱和母爱，却是令他成人后回忆起来，再加对比时，铭心刻骨地感到哀痛的！天下欠缺父母爱抚而患有过"皮肤饥渴症"的人们，同来一哭！

爱自己的子女，特别是做父亲的，也如母亲般地乐于抱着他或她，把他或她拥在怀中，亲吻他或她的脸蛋，抚摸他或她裸露的皮肤和头发，挠他或她的胳肢窝而逗他或她欢笑……是非常、非常重要的人生责任和人生乐趣啊！从某种意义上来说，使子女温饱，教他们知识，予他们训诫，驱他们读书劳作……都还不足以体现出父母对他们的亲子之爱，轻轻地抚摸他们吧，给他们以温柔的摩挲吧，这应是他们童年乃至少年时代最重要的身心滋补剂，这也应是初为人父人母的你我所能享受到的最大快乐之一！

爱幼子，同爱一切新生的、幼小的生命、事物的心态，是相通的。

即使是狮虎狼豹那样的猛兽，其幼兽只令我们觉得活泼生动，绝不产生恐惧之感。

即使是犀牛河马那样的丑兽，只要一缩小为稚嫩的小兽，乃至缩小为仿制的玩偶，我们也就消除了丑感而生出欣赏之心。

甚至小鳄鱼也有种娇媚之态，刚从破裂的蛋壳里爬出来的小蛤也有种令人怜惜的憨相。

更不用说幼小的孩子，无论黑、白、黄哪种肤色的，也无论他们的眉眼如何，只要显现着一派稚嫩的情态，我们就忍不住心生爱意，想去摸摸他们的头发，拉拉他们的小手，乃至吻吻他们的脸蛋……

从地皮中蹿出的一针春草，竹林中刚刚拱出的带绒毛的新笋，花枝上刚刚鼓起的花蕾，缀着露珠还没有成熟的青色果子，老松树枝丫上的嫩绿的新松针，池塘中刚出水还不及展开的一片荷叶一朵莲苞……也都具有相同的魅力——让他们成长！让他们开放！让他们渐渐成熟！原谅他们的幼稚纤弱，喜爱他们的勃勃生机，祝福他们的辉煌前程……

不能爱好幼小的生命，起码是一种病态的心理。生命的历程有其两端，我们中华民族传统一贯崇尚尊老，这其中有着值得永远发扬的精华，然而我们的文化传统中确也有过流传甚广的《二十四孝》，有过褒扬"郭巨埋儿"那种古怪做法的文字。生命的两端本来都值得格外重视，爱幼与尊老本应成为相辅相成的旺健民族生命力的驱动轴，然而"郭巨埋儿"那样的故事偏把新生命与老生命人为地对立起来，对立的结果，是肯定了老生命的无比崇高的价值，而主张以鲜活的新生命的彻底牺牲，来成全老生命的有限延缓——早在半个多世纪以前，先贤鲁迅先生提及此"孝行"时，便愤懑地发誓，要用世界上最黑最黑的咒语来诅咒"郭巨埋儿"一类的文化心态，那真是传统文化中地地道道的糟粕！

珍惜幼小的生命，挚爱鲜活的个体，千方百计让该长大的长大，该成熟的成熟，应成为我们中华民族新的美德！

如今侨寓美国的小说家钟阿城在一篇纪念其父钟惦棐的文章中回忆说，他18岁那年，父亲坐到他对面，郑重地对他说："阿城，我们从此是朋友了！"我不记得我父亲是从哪一天里哪一句话开始把我当作平辈朋友的，但"成年父子如兄弟"的人生感受，在我也如钟阿城一般浓酽。记得在"文革"最混乱的岁月里，父亲所任教的那所军事院校武斗炽烈，他只好带着母亲弃家逃到我姐姐姐夫家暂住，我那时尚未成家，只是不时地从单位里跑去看望父母。有一天仅只我和父亲独处时，父亲就同我谈起了他朦胧的初恋，那种绵绵倾吐和絮絮交谈，完全是成人式的，如兄弟，更似朋友。几十年前，父亲还是个翩翩少年郎时，上学放学总要从湖畔走过，临湖的一座房屋，有着一扇矮窗，白天，罩在窗外的遮板向上撑起，晚上，遮板放下，密密掩住全窗。经过得多了，便发现白天那扇玻璃不能推移的窗内，有一娟秀的少女，紧抿着嘴唇，默默地朝外张望。父亲自同她对过一次眼后，便总感觉她是在忧郁地朝他投去渴慕的目光，后来父亲每次走过那扇窗前时，便放慢脚步，而窗内的少女，也便几乎把脸贴到玻璃之上。渐渐地，父亲发现，那少女每看到他时，脸上便现出一个淡淡的然而蜜酿般的微笑，有一回，更把一件刺绣出的东西，向父亲得意地展示……后来呢？父亲没有再详细向我讲述，只交代：后来听说那家的那位少女患有"女儿痨"，并且不久后便去世了。那扇临湖的窗呢？据父亲的印象，是永远罩上了木遮板，连白天也不再撑起——我怀疑那是父亲心灵上的一种回避，而非真实，也许，父亲从此便不再从那窗前走过，而改换了别的行路取向……

对父亲朦胧的初恋，我做儿子的怎能加以评说！然而我很感念父亲，在那乱麻麻的世道中，觅一个小小的空隙，向我倾吐这隐秘的情愫，以平衡他那受惊后偏斜的灵魂！

也许，就从那天起，我同父亲成了挚友。

如今父亲已仙逝十多年，我自己的儿子也考入大学，当我同儿子对坐时，我和他都感到我们的关系已进入一个新的阶段——他不再需求我的物理性爱抚，我也不再需求他的童稚气嬉闹，我们开始娓娓谈心……

这是更高层次的人生享受。

生活的乐趣真是无尽无穷，犹如永不重复图案的万花筒。

"八小时以外"的常见乐趣，可以举出多少来哇：读书，写字，作画，摄影，对弈，听音乐，侃大山，跳交谊舞，跳迪斯科，登台演戏，参观展览，远足登山，湖中泛舟，跑步打球，游泳溜冰，豢养宠物，饲鸟喂鱼，栽花种树，练拳舞剑，自制摆设，自烹美食，自创时装，自我美容，去卡拉OK，泡咖啡厅，收藏不仅可以集邮、集火花、集藏书票，亦可搜聚最冷门的物品，交流不仅可以请客、做客、写长信、"煲电话粥"，也可以暂且密密记下心声待瓜熟时再蒂落献出……消极一些的是堆放自己于沙发中，看电视看录像直至画消带尽，或早早地钻进雪白的被窝，把身体回复为母亲子宫中的姿势，甜甜地睡上一觉……

一个萧索的秋日，我去离家不远的公园散步，人稀鸟静，灰缎一般的湖水毫无生气。我缓缓地沿湖行进，忽然，我发现前面不远处有位老先生，个子矮小，衣帽素朴，他似乎正弯腰在湖水中涮着一个拖把……再细细看去，他将那"拖把"从湖中提了出来，端头上却并非丛聚的布条布丝，而是捆裹成卵球形的人造海绵——他意欲何为？似颇怪异！又细观察，才发现他是用那东西作笔，蘸水在湖岸边镶砌的水泥护岸上书写着斗大的字，那水泥护岸恰好用浅沟分割为一块块的长方形，犹如一张张铺好的灰纸——我尾随着他，一格格跟踪读去，看见他书写的是古诗："生年不满百，常怀千岁忧。昼短苦夜长，何不秉烛游……"写完这一首，又接着写："青青园中葵，朝露待日晞。阳春布德泽，万物生光辉。常恐秋节至，焜黄华叶衰……"还有："采葵莫伤根，伤根葵不生。结交莫羞贫，羞贫友不成……"忽然又是："两叶能蔽目，双豆能塞聪。埋身不知道，将为天地聋……"不知不觉，我已随他走了小半个湖畔，他似并未注意到我的追踪观察，依然悠悠然地俯身蘸水、书写，我回首一望，公园里仿佛除我两人而外，竟杳无人迹，而他写过的诗句，前头的已蒸发得不见踪影，剩下的亦缺笔少画，若非我细心随读，谁也不会知道那些水迹意味着什么……

　　那是一个北京秋日常有的一种雾蒙蒙的非阴非晴的天气，一切景物的色泽似乎都褪得趋向于灰调子，而且缺乏明暗对比，显得平板呆滞，可是那用大水"笔"书写着古诗的老先生，却使我眼中心中充溢着一种明亮的温馨的色彩。那老先生多么会享受生活啊！最高的享受境界，便是这种得大自在的超然与洒脱！

　　我本想过去招呼那老先生，同他交谈，后来我抑制住了自己。我意识到，人在自得其乐时，别人是不能去打扰的，他自己也是不需要同别人分享那快乐的。

　　每当我怨责生活单调无聊，每当我想从事一桩乐事却计较于"没有物质基础"时，我便想起了湖边的这一幕，想起了那位老先生"清风朗月不用一钱买"的巧妙自娱，于是我便忠告自己：生活的乐趣如满山遍野的烂漫野花，只怕你视而不见！享受生活的乐趣不一定非得有多么丰厚的物质基础，只怕你心夯脑笨！

　　扑向生活的山野，采撷芬芳的花朵吧！

　　……那回从宗璞大姐家出来，手握一大捧馨馥的白丁香，与妻同搭公共汽车回家。公共汽车上非常拥挤，我站在售票台一侧，挺直脊柱，抗拒逼我前移的力量，死死地护住那一大捧丁香；妻在我身旁，不时与我对视，亦不时朝白丁香望去，似在提供我支撑住的力量……终于下了公共汽车，步行一段便可到家了，我和妻在苍茫的夜色中，于路灯下细看那一捧白丁香——由于我们的精心护卫，毫无损伤！我们都欣慰而得意地笑了。

我们享受了生活，也护卫住了生活赐予我们的美。

生活如溪水，仍在汩汩地流淌，我们将继续在那也许是平淡无奇也许忽然跌落翻腾的流程中，相依相偎地品尝生活之美。插入瓷瓶的白丁香怒放几天后，终于凋谢，然而世上仍有丁香树，仍有春风春雨，仍有丁香盛开的花期，仍有丁香般雅洁的友人，仍有如丁香花般芬芳的温馨人情。因而，从这个意义上说，我们将永可享受不会凋谢的人生之乐！

走狮如禅

1

香港友人赠我一书法作品，上面写着：

> 登天难，求人比登天更难。
>
> 黄连苦，贫穷比黄连更苦。
>
> 春冰薄，人情比春冰更薄。
>
> 江湖险，人心比江湖更险。
>
> 知其难，甘其苦，耐其薄，测其险——可以处世矣！

可以应变矣！

这自然是友人几十年人生体验的结晶，赠我以作参考。

来我家的客人，见到这幅书法作品，颇有大感警动，掏笔抄录的。

说实在，我原来所欣赏的，主要是这位香港友人书法的洒脱遒劲；所感念的，主要是他对我的一片善意；对他那几句话，倒没怎么下功夫琢磨。我觉得自己与这友人所处的人文环境，差异太多，所以各自的人生经验，可供对方作为殷鉴的恐怕有限。

然而，从来我家的客人对这幅书法作品的浓厚兴趣上，是不是也说明，香港友人的这段"偈语"，也蕴含着某些不同人文环境下相通的东西，因而，颇可做些讨论呢？

2

"黄连苦，贫穷比黄连更苦。"诚然！

可是，"甘其苦"，就值得商量了。

甘于贫穷，不是一种值得提倡的德性。作为个人，"一箪食，一瓢饮""茅椽蓬牖，瓦灶绳床"，已非一种良性生存状态，作为群体，若不能温饱，或仅免饥寒，更非合理处境。所以，作为个人，通过投身社会公益事业，发挥自己聪明才智，改变贫苦的生存状态，而达到一种有尊严有教养的富裕生活，当称好事；作为群体，群策群力，团结奋斗，脱贫致富，起码首先达到小康，再争取更佳的共同富裕状态，应视为一种天经地义的美好追求。

倘若世人都堕入"甘于贫苦"的精神境界，那么，世上也就不会有反对剥削和压迫的社会革命了，也就不会有推动社会生产力迅猛发展的科技革命了，也就不会有反对法西斯和种族歧视的斗争存在了，整个人类社会也怕难走向繁荣昌明了。

我想，我那位香港朋友的意思，大概是说，当一个人仍处在贫穷状态时，应能咬牙挺住那贫苦的处境，振作精神，去诚实奋斗，切不可违反社会公德乃至法律秩序胡来，也不可心存侥幸希图陡中彩票或他人馈赠而暴发；摆脱黄连般苦涩的贫穷，必须靠自己扎扎实实兢兢业业一点一滴地做起。这个意义上的"甘其苦"，我当然是赞同的。

3

"登天难，求人比登天更难。"

确实，求人不如求己。

有时候，求己也难。

必须克服灵魂中的惰性，"己"才能挺直脊柱，从而可求、可依、可靠——可成！

4

有的事，到头来还得求人。

中国社会，从传统上看，就是一个人际关系织成网络的笼状社会。"万事不求人"，在中国几乎不可能。

既求人，就不能不顺人、从人、悦人、予人。顺人，搞不好就成了丧失原则；从人，搞不好就成了依附关系；悦人，搞不好就成了献媚取宠；予人，搞不好就成了行贿受贿。

但许多中国人练就了一身精巧的求人术。能做到顺人而不卑，从人而不污，悦人而不谄，予人而不贿，在"交个朋友"的心理态势和相关气氛中，跨越"求人比登天更难"的高度。

哪个中国人敢说，自己从不求人？

5

中国人夫妻打架，最后很可能是先找邻居来评理。

西方人夫妻打架，最后很可能是各自打电话找自己的律师。

中国人遇事喜欢"私了"。

西方人惯于"对簿公堂"。

"私了"的传统，似不必摒弃。"私了"中往往浸润着人情味。

"对簿公堂"的做法，在我们的法制渐趋细密的进程中，可望成为年轻一代公民解决他们之间民事纠纷的新习惯。

一位年轻朋友来我家看了香港友人那幅书法作品上的"偈语"后，自信地说："如果求法律易，那我就不怕求人难。因为那时候我根本不必企求于哪一个个人！"

我听了只是微笑。我那香港友人可是生活于所谓"法治社会"之中，然而恰恰是他，依然发出了"求人比登天更难"的喟叹啊！

6

"春冰薄，人情比春冰更薄。"

要"耐其薄"。

我想这是对的。我们对人情的希求，有时实在过奢。除了蔼然的微笑、亲切的握手、温存的寒暄、诚挚的邀请、丰盛的款待，我们往往还期盼着物质上的支持、人际关系上的攀附。

一位短期出国的中国公务人员，用朋友提供的电话号码给那朋友在美国的朋友打了个电话，转达了朋友对那洋人的问候，那洋人倒也高兴，但问了问中国朋友的近况后，只撂下句"请你回国后代我向他问好吧！"便挂断了电话。打电话的中国公务人员握着冷然的话筒，心里感到空空落落，别别扭扭。"人情比春冰更薄！"

一位在中外合资企业工作的外国工程师，被中方的一位工程师热情地请到家中，中国夫妇弄出了一桌子大盘小碟大钵小碗的喷香饭菜，使洋工程师啧啧称奇，连连致谢。当酒余饭后，折叠桌收起，又摆上大盘水果时，中国主人满面红光地把洋客人视为挚友，坦率地提出了请求——帮他们把儿子办到洋人那一国去留学！洋客人吃了一惊，倒不是他绝对不能帮忙，也不是他压根儿不想帮忙，而是他难以理解：中国主人的"人情"，何以在极短的时间里膨胀到这样一种程度，他便极坦率地说他办不到。洋人走后，中国主人夫妇相对慨叹。"人情比春冰更薄！"

"耐其薄"，不仅在中、西两种"人情观"发生错位时适用，就是在中国人与中国人之间，也完全适用。

温馨的人情足可享受。

但不要企盼用人情来支撑自己的人生！

7

"江湖险，人心比江湖更险。"

"险"与"恶"相连。这就牵扯到人性的问题，涉及人性中的

"恶"的问题。

下列"人性观"中，你信服哪一种？

人之初，性本善。

人之初，性本恶。

人之初，性无善恶，善恶均后天形成。

人之初，性即善恶兼有，后天或摆荡于善恶之间，或修成向善，或堕成全恶。

人之初，即因人而异，有人性本善，有人性本恶，有人性善恶兼有，而兼有者又有比例上的无数差别。

人之初，即不存在人性这种东西，人只有作为其物质基础的身体，以及高级神经系统（大脑）在社会实践中形成的思想（精神）。

人之初，人性中即有兽性和人性两种遗传基因，兽性是亿万斯年人从兽进化而来后潴留下的某些残余，人性则是文明史以来人类社会进化而积淀下的文明种子。

……

因未曾同那位香港友人讨论过这一问题，所以不知他的"人性观"靠近上述中的哪一种。但他相信人性中有"恶"，则毋庸置疑。

提防人性恶即"人心险"，以我个人的社会经验而论，是必要的。但"测其险"，这就难了。对人性即人心中的阴暗面，既难做定性分析也难做定量分析。"知其险"而有所警惕，也就够了。

8

"测其险"或"知其险"的，仅仅是他人的心么？

扪心自问，我们的自我人性之中，有否恶？这恶蠢动时，自我是否即处于险境？

测得清么？能自知么？

9

人心中恶蹿芽时，能及时掐断，即为善。

人心中的恶膨胀起来时，能及时惊悚，拼命抑止，即为向善。

人心中的恶迸裂流淌时，能中途羞愧，不使泛滥恣肆，即为从善。

人心中的恶大肆泛滥之后，尚能"放下屠刀，立地成佛"，是成善果。

恶之花，可结善果，关键在愧悔。

10

《红楼梦》里的王熙凤"弄权铁槛寺"时，对尼姑净虚说："你是素日知道我的，从来不信什么阴司地狱报应的，凭是什么事，我说要行就行……"其行的结果，是害死两条年轻的生命。

不信阴司地狱报应，颇"唯物"，然而，"来世报"不信不怕，"现世报"也不信不怕么？更唯物的是："不是不报，时候未到，时候一到，一切都报！"

"我做事从不后悔！"倘是一位一生高尚的人说出这话，还可倾听；倘是王熙凤之流说出这话，则只提醒着我们：恶人的特点即毫无愧悔之心。

毫无愧悔之心的恶人难有好下场。"机关算尽太聪明，反算了卿卿性命……枉费了意悬悬半世心，好一似荡悠悠三更梦。忽喇喇似大厦倾，昏惨惨似灯将尽……"难道只是对王熙凤一人的警告？

<h1 style="text-align:center">11</h1>

"我做事从不后悔！"倘是一位一生高尚的人说出这话，还可倾听。

仅仅可倾听而已。

说这话时，想必他是对自我在做一总体扫描，就总体而言，他无太多可愧悔处；而且，他若说这话，必预示着他将做出一桩重要的事，他其实是在用这样的语言，为自己即将做那桩重要的事壮行。

我以为，一生高尚的人，也许反而会这样吐露心声："我做的事，回想起来，也有愧悔之处！"

人非圣贤，更非神佛，焉能无过？

能真心为自己的失误过错（哪怕与成绩和优点比只占很小比例）而愧悔的人，是世上最高尚的人。

12

　　香港友人那幅书法作品上所写的话语，最后归结到"处世"与"应变"。

　　人活在世上，作为社会人的时间，每一天的二十四小时中，至少要有八小时。其实往往不止。作为社会人，就必须善于"处世"。"世"由"事"与"人"两大要素构成，而最关键的还是"人"。所以，"处世"亦即"处人"。

　　"处人"，亦即处理自我与他人的关系。把人伦关系且排除在外，社会人所面临的主要人际关系无非：一、隶属关系，即上级与下级，领导与被领导，雇主与被雇，指挥与被指挥，这一类的关系；二、利害关系，即平行状态中的利益与共同利益冲突关系，有时也超出平行状态而延伸到隶属关系之中；三、潜在关系，即从发展眼光看，将会浮升为隶属关系或利害关系的种种远距关系。将这三种关系协调好并在其中有所运作，实非易事。

　　世事多变，人心难测，所以有"应变"之说。

　　"处世"与"应变"，是很累人的。

13

　　然而人的事业，确实基本上系于作为社会人的活动之中。"八小时之外"的种种人生乐趣，也许足可使个人生活艳丽甜蜜，却一般是在"事业"之外。所以，要想事业有成，必得有"处世"之术，"应变"之敏。

14

这里所说的事业，是指个人的事业。

当然，在我们社会中，正当的个人事业，总是要与群体的事业相连的。

比如，一位运动员，他个人事业成就的标志，是夺取金牌，而我们国家体育成就的标志，也是在国际体育竞赛中夺取金牌，运动员心中有为国争光的想法，又有个人争取名誉的想法，二者融为一体，当是最佳精神状态。

15

处世之术的最高境界，是全靠一片天籁。

次之，是大事不糊涂，小事全糊涂。

再次之，是睁一只眼，闭一只眼。

最次之，才是心细如丝，锱铢必较。

16

应变的最高境界，是抱定初衷，矢志不渝，以不变应万变。

次之，是屈以求伸。

再次之，是暂作壁上观。

最次之，是舍弃无求。

倘改弦易辙，则逸出了应变的范畴。

17

清代"扬州八怪"之一的郑板桥那幅"难得糊涂"的书法作品，这些年来极为风行，其复制品不仅见于拓片，也借助于木刻、雕漆、织锦、画盘乃至塑料工艺品等等形式广为流布，许多人不仅将这四字供于厅室，更有将镌有这四字的徽章别于胸前的。

在多数当代人看来，"难得糊涂"似乎提供着一种轻松超脱的生活观，不管大事小事，公事私事，一概糊涂了之，好不快活！

其实，依我细想，郑板桥所谓的"难得糊涂"，不过是表达了一种对偏激的抑制欲望，即：

对事不要过于执，

对人不要过于知，

对理不要过于信，

对情不要过于迷。

说到底，也还是主张"中庸之道"，只不过那是更严格的中庸之道，真实践起来，是很费力气的，所以郑板桥解释说："聪明难，糊涂难，由聪明而转入糊涂更难。"那不仅不是一种轻松超脱的生活观，那简直是主张以一种高等数学中的模糊数学来把握生活的极尽艰辛的生活方式，所以，他所说的"难得"，并非"很容易做到而人们竟忽略不做"的意思，而是"需历经艰难方可达到"的意思。

"糊涂"既那么"难得"，不得也罢！

18

还是应当聪明一些。

当然，偏激，即情绪化，那是理性的大敌。沉浸在偏激的心态中，人就不可能聪明。然而，靠中庸调和，去其两端，取其脊肋，"糊涂"之中，常会偏离真理，貌似平和，而恶果往往酷于偏激，实不可取。

我愿国人崇尚聪明，追求理性，勤于求知，勇于实践，小事或可糊涂，大事千万糊涂不得！更不可事无大小，只一味地浸泡在"难得糊涂"的境界中。

19

"早上四条腿，中午两条腿，晚上三条腿，是什么动物？"
这便是司芬克斯之谜。

古希腊传说中，司芬克斯是一人首鸟身的怪物，凡遇到他的人，如解不出这个谜，即会死去。

已有无数人死去后，一个叫俄狄浦斯的毅然地对司芬克斯揭出谜底："那是人！"的确，人在幼时四肢爬动，成人后两腿运行，晚年拄一拐杖，成"三条腿"。

这下轮到司芬克斯怪嚎一声死去。

4、2、3，既非递增也非递减数列，"司芬克斯"之谜迷惑人处无非在此。

人生的途程中，事业的成就既不可能单纯递增，一般也不会单纯递减。"手脚并用"是初创期的常态，"脚踏实地"是初有收获后的应有状态，而"美人迟暮"时总想借助于外力以支撑局面，也属常情。

20

一般来说，个人事业，都联系于个人从事的社会职业之中。

个人事业成功的社会标志，一是名，一是利。比如一位邮局职工，他个人想当一名出色的"绿色天使"，这愿望与我们社会需有一支优良的邮电大军相连，自然是值得鼓励的。他付出了诚实而有创造性的劳动，因而被评为了模范，报纸上登出了他的照片，发出了关于他先进事迹的报道，他因而获得名誉，同时又破格提级，甚至得到一笔奖金，遂致名利双收。那么，可以说，他个人那"当一名出色的绿色天使"的事业心，至少已得到相当程度的满足。他的下一步是如何保持住这一势头，并争取"百尺竿头，更进一步"。

个人事业，也可建立在职业之外。例如一位工程师，他在本行当中工作尚属称职，但绝不出色，他自己也只把那职业当作为社会做稳定贡献和谋取个体基本生存条件的手段，他的个人事业心，集注在写诗上，他是个业余诗歌创作者，从发表零星的诗作，渐渐到出版整本的诗集，又渐渐在诗界小有名气，这大大满足了他自我完善的欲望；他若在退休前一直是业余诗人，那么，社会应当对他在"业之余"去谋求个人事业成就表示宽容乃至鼓励，他自己则应处理好"职业"与"业之余"的关系。一个群体事业与个人事业能相融会相协调的社会，当是一个昌明的社会。

也有的个人事业，纯粹到确乎只满足于个人的精神，因进入到非社会性的范畴，所以也就无所谓成功标志，尤其与社会成功标志中的两个基本因素"名"与"利"无关，更往往是一种隐姓埋名以及不仅无利还需倒贴的状态。例如我就认识一位银行职员，他业余搜集勺子，大到葫芦剖成的海瓢，小到银挖耳勺，当然更多的是中外古今各色各样的磁勺、陶勺、木勺、铁勺、钢勺、铜勺、金勺、玉勺、玛瑙勺、象牙勺、犀角勺、水晶勺……他的"私人空间"几被这类的东西塞满，而他在其中是乐陶陶，志满满。他的收藏，迄今并未公开，他也不求别人报道，更不愿转让任何一件藏品，他不仅不能从这收藏事业中得利，而且，他把自己的全部职业收入，乃至祖上遗款，除维系基本生活需求外，几乎都投入了进去。我想他的这一个人事业，于社会绝对无害，因而我们应予尊重和保护。

上海女作家王安忆曾写过一个短篇小说《庸常之辈》，里面的主人公是个平凡到极点的年轻女工，她似乎没有任何"事业心"，只是好好工作，挣钱攒钱，找个满意的丈夫，找间像样的住房，买些可心的家具，生个健康的后代，烧出爽口的饭菜，逛逛商店公园……其实，依我看来，她在向社会做出贡献之余，只向社会索取最低廉的满足，去架构一种于社会绝对无害并且有益的"平庸生活"，也仍是一种值得我们肯定、尊重并切切要予以保护和扶持的个人事业。

尊重各种不同层面上的个人事业，全社会的事业才能顺畅地推进。

21

嫉妒是一条毒蛇？

也许。但摘掉毒腺的蛇肉，在广东可烧制成种种名菜，不仅可口好吃，而且营养丰富，于人极有滋补功能。

任何事业心，都伴随着一定程度的嫉妒。完全没有嫉妒，我以为也就没有了事业心。

关键是，让嫉妒这条毒蛇把自己的心咬伤，从而中毒死亡呢，还是能够去掉它的毒腺，把它化为一种参与竞争的驱动力？

所谓嫉妒，分解一下，无非是这两种心理的交织：

一、怎么会轮到了他（她）？

二、我哪点不如他（她）？

去掉"毒腺"，从"一"中，即可"知彼"，从"二"中，即可"知己"，"知己知彼，百战不殆"，是纯粹的好事。

即如王安忆笔下的那位"庸常之辈"，有一天她突然发现同车间一位女工穿着一件花样新颖的自织毛衣，倘若她毫无嫉妒之心，那么当然也就算了，倘若她触眼生妒，心中自问：

一、她怎么能织出那么好看的样式？

二、难道我就织不出比她更好的吗？

于是她暗中琢磨，痛下决心，自己也编结起来，结果，一定织出一件比那同伴更精彩的毛衣！

去掉"毒腺"的嫉妒，如广东厨师刀勺下的蛇肉，滋补身体，增长精神！

22

"只问耕耘，不问收获。"

"重要的是参与，而不是结果。"

"过程比终点更瑰丽。"

这一类的话语，时下多了起来。

当然有一定道理。

然而，只是"一定"的"道理"。

因为，我以为，人毕竟不能模糊，更不能丢弃乃至遗忘了终极追求。

确定、架构一个终极追求，绝非易事。

在外力打击下，崩塌了原有的终极追求，再重新确定、架构一个终极追求，更是艰难万分。

然而，人类当中至少有一部分人，一个民族当中至少有一部分人，一个群体当中至少有一部分人，哪怕始终只是少数的人，应当怀有一种热切的终极追求，并付诸实践活动。

任何终极追求，总会遇上艰难险阻，既来自外，也来自内，在内外交织而成的磨炼中，终极追求将发射出熠烁的光彩，生发出强有力的能量，并通过追求者，导引许许多多的人，构成一种潮流。

23

潮流的魅力，说穿了，是"罪不罚众"。

涨潮时卷进去，兴高采烈。退潮时急于脱身，"罪不在我"。

潮涨潮落，浪淘尽千古风流人物。

潮来潮往，引无数英雄竞折腰。

大潮退去，水落石出。谁是英雄？谁是罪人？也许都不是。然而水落石出。

24

然而只要地球仍在围着太阳转、月亮仍在围着地球转，潮汐现象便永无止息。

潮来，必有弄潮儿。

潮去，必有拾海人。

潮来潮去之中，亦必有一批观潮派。

25

短期行为的别称是"投机"。

短期无行为的别称是"犹豫"。

中期行为的别称是"随俗"。

中期无行为的别称是"沉沦"。

长期行为的别称是"追求"。

长期无行为的别称是"湮灭"。

26

一位海外友人来看望我，为我带来一件礼物——紫檀木雕成的走狮。这走狮形态逼真，而又颇具特点——一般的雕塑狮子，总要把狮嘴雕成张口露齿，乃至仰颈做"狮子吼"状，一来显其造型之雄伟，二来显其工艺之精细——这只紫檀木走狮却是抿嘴埋头迈步，看去意蕴无穷。

这位海外友人见到了香港友人赠我的那幅书法作品，并听我讲到已由那幅书法生发出了许多的随想，不禁调侃地说："文字好比篱笆，表述得越清楚细密，就越把人的思维限定在有限的范畴内；而非文字的符号，比如这只紫檀木走狮，它绝不是篱笆，而仿佛一扇敞开的窗户，你可以从这里望出去，尽情地望，尽兴地联想，范畴几可达于无限，那乐趣当在咬文嚼字、阐述'偈语'之上！兄何不把爱那书法之心，略移几分于这紫檀木走狮之上呢？"

当时听了，不过一笑。然而客走狮留，夜深人静，当我面对这只紫檀木狮子时，确乎浮想联翩、不能自禁起来。

处世、应变、人性、人情、职业、事业、终极追求、潮涨潮落……面对一只紫檀木走狮——它并不张牙舞爪，只是埋头趱行——我似乎有更多的思绪喷涌，有更多的思丝可吐为厚茧……

然而我决定不再吐丝。

紫檀木走狮如禅。禅是"不立文字，教外别传，直指人心，见性成佛"的。

不过我尚未"顿悟"。

期待着"当头棒喝"。

宇宙间最美妙的事情

1

晨光中，你没有因为他或她的容光焕发而激动吗？

夕晖中，你没有因为他或她的身影消失而怅然吗？

青春的灵魂啊，倘若你从未品味过初恋的滋味，该是多么的不幸！

2

你不知道自己是怎么一回事。单知道在众人之中，他或她对你有着一种甜蜜酸辛的吸引。

他或她不知道你是怎么一回事。单感觉在众人中，你的眼光似乎有些异样，你的面容似乎有些超常，你的话语似乎有些阻塞。

你并没有从众人中挺身而出。

他或她并没有从众人中把你钩稽出来。

你的心默默地痛。

他或她的心只微微有点发痒。

这是朦胧的初恋。

3

你们在一起游戏，漫步，交谈……你有些害怕，怕家长、老师、同学、邻居看见，怕游戏很快结束，怕脚下的路太短，怕你的话太多而他或她的话太少，怕黄昏降临，怕明天不再能如此美妙……

你的心又甜又苦，像蜜糖里拌着辣酱。他或她的心其实也差不多，但他或她只给你一个含混的微笑，仿佛他或她的心只不过饮了一杯淡茶。

你从众人当中把他或她挑了出来。

他或她仿佛不经意地偏总是偶然同你相遇。

这是明媚的初恋。

4

青春已逝，而尚未尝到过初恋滋味，是人生无可弥补的欠缺。

人可以在青春后初恋。那滋味也许更为独特。然而人在青春期中竟然无恋，那无论如何是一种遗憾。

人在青春前、青春中、青春后都未尝到自发爱恋的滋味，只有"搞对象"和结婚，更是人生的不足。据说"婚后恋"（先结婚，后恋爱）差可弥补人生的这一缺憾，但虽为玉石雕成的花朵，总不及自然的花蕾别有情趣。自然的花蕾多有未能绽开便从枝上萎落的，不过缀着露珠的花蕾，即使终于萎落，它的一度存在仍属宇宙间最美妙的事情。

5

　　初恋而发展成婚姻，并维系到白头偕老，成为终生恋，当然是人世的佳话，然而，此种情形千中难一。

　　初恋而未发展成热恋，更未发展成婚恋，仿佛花蕾尚未绽开、尚未绽圆便萎落飘零；后来初恋的双方都另有成熟之恋，另有婚嫁，乃至嗣后的婚姻和家庭都很幸福，也白头偕老，也天伦融乐；然而那逝去的初恋依旧是人世的美事，人生的芬芳。此种情形屡见不鲜。

　　初恋的花蕾凋落后，再无真正的恋情，只是尽人生义务般地结婚、生儿育女，维系家庭；回忆初恋只能是隐秘的痛苦，偶有怀旧的流露便会惹来屋顶下的风波，初恋，仿佛是一次失足，一种羞耻，此种情形绝非罕有，甚至颇为多见。

　　夫妻能坦然对待对方有过初恋的事实，必是较为和谐的婚姻。夫妻双方都能倾听对方讲述初恋经历并予充分理解，必是相当美满的婚姻。夫妻双方在交流各自对初恋的缅怀时，充满了童真和幽默，则必是富有艺术气质的婚姻。

　　对对方的初恋不能容忍的夫妻，他们的婚姻必不美妙。甚至那就是他们婚姻必将破裂的根本原因。倘这样的婚姻竟一直维系下去，那就说明在他们追求的目的中也许什么都有，却单单独少一样——情感上的幸福。

6

"早恋"一词不知为谁发明。将"早恋"作为一"社会问题"提出,更不知始于何人。

凡初恋,大都在未成年期,也许都可划入"早恋"的范畴。

上中学期间相恋,就属早恋么?我绝非一个主张中学生都去谈恋爱的人,然而,中学生,特别是高中生,他们之间倘出现花蕾般的恋情,难道就"问题严重"吗?

《红楼梦》中的贾宝玉、林黛玉,即使按最夸张的办法计算他们的年龄,也绝不到18岁,按小说中的种种暗示,他们甚至只有十四五岁,但上至革命领袖、社会贤达,下至平民百姓、庸夫凡妇,少有斥他们的恋情为"早恋",为"胡闹",为"问题",为"堪忧"的。一出戏曲舞台上的《红楼梦》、一套电视连续剧《红楼梦》,宝、黛的爱情惹出了多少同情,那悲剧的结局惹出了多少泪水。

为什么一到远比《红楼梦》的时代昌明的今世,我们就那么惧怕少男少女之间的恋情呢?

7

我知道有不少学校教师、社会人士乃至于公安部门的人员掌握着成千乃至上万的事例,我们的社会中确有着少年人——不仅是中学生,甚或还有小学生——"乱搞"的情形,他们小小年纪便不仅谈情说爱、争风吃醋、打情骂俏，还发生性关系，女孩子因而怀孕、堕胎乃至生出不明不白的婴儿。这当然是一种必须正视并应力求减少、抑止的社会问题。

然而，尽管做到这一点相当艰难——我们还是要划清花蕾般的早恋同疮痍般的早期非道德性行为之间的界限。

这界限其实并不含混。花蕾般的早恋，充溢着异性间美妙的吸引，但一般并不会含有做爱的企图；而直奔赤裸裸的性行为而去的"乱搞"，往往竟毫不知晓异性间相处的诗意和曼妙。只要细加考察，是并不难区分和澄清的。

然而不少成年人懒于去做这样的区分，他们只要一看见少男少女的亲密行为，便感到惊心动魄，往往如临大敌，急急忙忙地出面干预，雷厉风行地加以禁绝，有时更施之于从外而内的压力，当然有时他们确也挽狂澜于既倒，但往往他们也就如同摧残花蕾的冰雪寒霜，在本是一片天籁的少男少女心中留下甚至一生都难以愈合的伤痕。

我诚恳地奉劝普天下的父母、教师、社会工作者和一切成年人，当你发现少男少女之间出现你判定为"非正常"的亲密关系时，一定要不怕艰苦地、小心翼翼地做出区分：他们究竟是在开始朦胧的初恋，还是已发生明朗的初恋，还只不过仅仅是连初恋也还谈不到的无猜情谊，抑或确实是脓疮般地受了什么坏东西的影响在那里"乱搞"？

8

初恋往往如一个美丽的梦，梦醒后无比惆怅，然而亦可豁然清醒。

许多人在初恋结束后都有被生活施以启蒙之感。他们在伤逝之时，往往也就松一口气：原来这并不是真正的爱情。

初恋的经历，可促成人去寻求成熟而稳定的爱情。人一生中可能有多次爱情，但初恋之不可重复，不可取代，不可与其他的感情经历相提并论，并不仅仅在于它是"初次"，而是因为它既不是花朵也不是果实，它是一种未经证实的可能，一种已经证实的未必。人的情感往往就在初恋结束的那一天成熟。

9

朦胧的初恋往往只是一种单恋。

单恋的初恋，作为人生的一种早期感情经历，不仅无足怪，而且往往可丰富人的情愫，细腻人的感知，精微人的思维，回忆起来，我们不免羞涩，不免自嘲，不免惆怅，然而，无可悔，无可责。

单恋的初恋，应如天边的云霞，时过而尽散，倘固置不散，则有可能构成心理疾患，严重的，甚或可转为精神失常。

我原住北京一所大杂院中，后院有一男子，年已五十，他的弟妹，均早已成家，唯独他仍与父母同住，乍看上去，他长相神态都还正常，细一观察，就发现有种随时处于梦游中的眼神——原来他少年时曾有一次机会接近了一位女电影明星。从那以后，他便处于狂热的单恋中，他搜集所有关于那位女明星的便装照、剧照、文章、报道，装满了一只硕大的箱笼，并固执地一而再、再而三、三而百、百而千次地给那位女明星寄去情书……结果他不仅中途辍学，并且无法就职工作，成了一名靠父母养活的精神病患者。据说他所单恋的那位女明星早已去世，父母也曾郑重其事地告诉他，他却只是傻笑，并不改其初恋。

因此，我又要诚恳地提醒少男少女们，我衷心地维护你们圣洁的初恋。然而，你们又要自持不昏啊！尤其是那单恋的初恋，又尤其那单恋的初恋对象竟是电影明星一类的"幻影"时，可千万不能陷溺其中而不能自拔啊！

10

不要单恋"幻影"。除上述提及的电影明星外，凡体育明星、歌星、舞星，以及知名作家、艺术家，包括其他社会知名人士，等等，倘仅凭一次观赏、一次神聊、一次签名或握手，便单恋不止，恋情痴浓，都属"幻影之恋"。也不一定都得是"星"，像有的学生暗恋有妇之夫，有的少男少女暗恋比自己大一辈的父母的同事、朋友，甚或有的爱上一附近商店的不知底细的售货员，爱上一总在附近绿地散步的陌生独行者……也都可纳入"幻影之恋"。"幻影之恋"倘浅浅地、隐隐地、偶尔地、易消地浮现过，不足为怪，倘浓烈起来，明显起来，经常起来，固执起来，则应自敲警钟——那不是真正的爱恋，那是一种心理偏斜，应及时化解，应自觉抑止。

11

不是"幻影之恋"而是确确实实对生活中经常相处的同辈人产生了恋情，但却不敢正视，不仅出于羞涩和怯懦，不能坦然地同其谈笑、嬉戏、共学、互励，反而越有恋慕之心，越是回避、躲闪，甚而当对方来主动接触时，偏示之以冷淡，报之以拒绝，但又暗暗地监视他或她同别人的往来，生出嫉妒、猜疑、嫌怨、恚恨，那也是一种心理偏斜。稍有这类的心理偏斜，也许尚属人之常情常态吧，但一任其发展、泛滥、僵凝，则会毁掉自己原本纯洁美好的情愫，或使自己堕入痛苦的渊薮，或使自己爱恋的对象受到难以治愈的伤害。

勇敢些吧，坦荡些吧。纵使对方不能对你报之以对等之爱，但要相信这条公理——没有任何一个正常的人会将别人对他的爱恋视为侮辱和损害。你投之以桃，他或许不会报之以李，但绝不可能掷你以蒺藜。

不要怕人家不爱你。要怕人家根本不知道你在爱，甚至误以为你在厌、在恨。

12

爱入肺腑，情深骨髓，则难免由爱抚、亲吻而产生做爱之冲动。

情爱中含有性爱，这很正常。

但男女之做爱，应既受社会道德之约束，也受自我尊严之约束。

社会道德之约束，这里姑且不论。单论自我尊严之紧要。

自我尊严所包含的内容又很宽泛，这里单说自我之性尊严。

对于女性，自我之性尊严似乎更加重要。这倒不是我轻视妇女，这是由女性的生理特征所决定的——因为女性的童贞是否已然消失，有着最为明显的标志。倘一女性对自我童贞毫不珍惜，轻易许人，孟浪舍弃，那么，她也许并没有享受到真正的爱情，她们得到的，只是生理欲望上的满足。

我特别珍惜少女的初恋之情，我对任何亵渎少女初恋之情的攻击、非议乃至误解，都大抱不平，然而我诚恳地劝告每一位怀春的少女，请珍重你那一生中只能具有一次、一旦失去再不复还的童贞！纵使你无法抑止你情感流云般变化，却不可任他人那流云般的情感轻易突破你的童贞！纵使你的情感已稳定而专一，你所爱的人的情感也已凝聚而不移，你也不应轻易迈出那关键的一步，对于你一生中只能具有一次的童贞的奉献，应在神圣而纯真的时刻实行，容不得半点的轻率与戏谑！

对于男性，自我之性尊严也绝不可或缺。许多少男不懂得什么是童贞，家长和教师应当告诉他们。失却珍惜童贞感的少男比失却珍惜童贞感的少女更可悲，也更具破坏性。人只能生活一世。一世中只有一期的童贞。童贞的结束不仅应伴随着生理上的快乐，而应升华出为人的责任感和在世的义务感，构成一种身为男子汉的豪气与潇洒。

不要讳谈性，不要讳言做爱，但要提倡具有自我性尊严。

13

没有研究过柏拉图。不知道他那"精神恋爱"究竟是怎样一种恋法。难道确实连起码的异性间生理吸引性爱因素都没有吗？

1978年，我写过一篇小说，叫《爱情的位置》，是一种"直奔主题"的写法，宣称"革命者也可以讲恋爱"，当年中央人民广播电台就广播了，结果，收到7000封读者来信，有封信一开头就说："当我听到电台里播出这题目，并且听下去发现果真是在谈爱情时，我简直觉得是发生了政变。"时过境迁，当今的青年人，对这些存在过的人和事，恐怕听了只会发愣吧？

柏拉图搞纯粹的"精神恋爱"时，大概还不曾企图把世人的恋爱都"精神化"，更不曾连"爱情"也抹杀掉而只保留所谓的"精神"。我想，就是在今天，倘有人在不干涉他人的前提下，进行他个人的精神恋爱，而排拒性欲望和性行为，我们也应当予以尊重；倘有人连爱情也不要，纯粹精神上的异性相爱也以为耻辱，而只追求纯粹的革命战友之情，只要他是仅作为个人的一种存在方式而不拟推及于他人，我们自然也应当予以尊重。

但正常的爱情，不能缺少精神的共鸣，也不应缺少性的愉悦。

14

一见钟情——中外古今爱情的常见模式。

为什么会一见钟情？

传诵千古的元曲《西厢记》开锣后的第一折，张生正在普济寺游逛，忽见崔莺莺引红娘捻花枝上，不由得立即"呀"了一声，立即唱道："正撞着五百年前风流业冤。"他一眼看中了莺莺的相貌："颠不刺的见了万千，似这般可喜娘的庞儿罕曾见。只教人眼花缭乱口难言，魂灵儿飞在半天。"当然还有她的风度："恰便似呖呖莺声花外啭，行一步可人怜。解舞腰肢娇又软，千般袅娜，万般旖旎，似垂柳晚风前。"再加以她的呼应和暗示："眼角儿留情……将心事传。慢俄延，投至到栊门儿前面，刚挪了一步远。刚刚的打个照面，风魔了张解元……"

一个郎才，一个女貌，这还其次，更主要的是"正撞着五百年前风流业冤"。也就是说，一见钟情是一个缘分问题。

《红楼梦》也这样设计贾宝玉和林黛玉的一见钟情，第三回写到林黛玉进到荣国府，宝玉一进屋，"黛玉一见便吃一大惊，心中想道，好生奇怪，到像在哪里见过的，何等眼熟"。而宝玉对黛玉的反应也是"这个妹妹我曾见过的"。全书基本是按严格的现实主义笔调写宝、黛爱情的，但其所以一见钟情，则已在第一回中用一神话故事极其浪漫地明确交代，一个是神瑛侍者的化身，一个是绛珠仙子的转世，分明是"风流冤家下凡造历"。他们的缘分也是前世天定。

究竟有没有"缘分"这么个东西呢?

我以为确实是有的。只不过我并不笃信它是前世的"风流冤家下凡造历"，并且每五百年为一轮回周期。

或许人体都确有一至今未察明的"场"，异性间的"场"互感，达到完全呼应并强度极大时，便可能导致"一见钟情"。

凡经历过初恋的人都会记忆犹新，当接近到所爱恋的人儿时，本身会有一系列的物理性的、化学性的、心理性的强反应，例如心跳加速、脸庞潮热、喉部燥涩、手心沁汗、内分泌活跃、神经系统超敏、心中忐忑不安、理智阻塞而潜意识流奔涌……但这类的反应，在与异性朋友（纯然是朋友而不含恋情）共处时，是几乎一点儿也不存在的。

一见钟情的爱情是可贵的还是危险的?

我以为是可贵的。

除非在二者中，一方是一见钟情，另一方却并非钟情而是逢场作戏，乃至别有所图，那才是危险的。

一见钟情的爱情加稳定牢固的婚姻加白头偕老的结局，是人生所开放的最美丽芳馥的花朵。

15

亲情可贵。亲情如溪流，明澈、晶莹、爽净、潺湲，可掬一捧饮用，可坐听汩汩奔淌，清心怡神，熏灵铸性。

友情可贵。友情如江河，浩荡、宽阔、深厚、活泼，可载生命之舟，可在托载中顺流而下，可歌可感，铭心刻骨。

爱情可贵。爱情如大海，浩瀚无边，瞬息万变，蕴含无穷的力量，又无比神秘玄奥，可予人最大的欢乐，也可予人最酸辛的磨难，在人的生死歌哭中，它的旋律即使时隐时现，或掩没在乐曲的深处，却永远是最令人心动神驰的音符。

人活一世，亲情、友情、爱情三者缺一，已为遗憾；三者缺二，实为可怜；三者皆缺，活而如亡！

16

爱情可以描写，可以表现，可以讴歌，可以咏叹，可以嘲讽，可以鄙薄，可以心仪，可以神往，可以追求，可以排拒，可以重视，可以忽略，可以公开，可以隐秘，可以坦然，可以赧颜，可以褒奖，可以贬抑……

唯独，爱情不可分析。

所以，世界上有社会学、伦理学、心理学、性学，却至今并无一门爱情学。有谈爱情的书，可读，然而建构不成一种专门的学问。

17

世界上各民族，差不多都把鲜艳的红色同爱情、婚姻联系到一起。

红玫瑰，是许多民族用以象征热烈而纯真的爱情的花朵。据希腊神话，主宰自然万物生死的神阿多尼斯是一个风度翩翩的男子，女神阿芙洛狄忒（即维纳斯）爱上了他。一天阿多尼斯外出打猎，一向嫉妒他们爱情的战神变成一头野猪，将他咬伤。阿芙洛狄忒得知后，急忙向奄奄一息的阿多尼斯奔去，不想一脚踩在白玫瑰上，玫瑰刺扎进女神的脚板，鲜血从女神的脚板流出。后来，在她的血滴里，便长出一丛异常美丽的红玫瑰，从此红玫瑰在西方便成为爱情的象征。又有一种说法，是阿多尼斯被野猪咬伤后竟血尽而死，阿芙洛狄忒悲痛之中，以阿多尼斯的鲜血浇灌了一株小苗，使其长成一丛灌木，开出殷红的花朵，但那花儿一开，便被一阵风吹落花瓣，于是她再以鲜血灌溉，花儿再开，亦随风再谢……故那花儿又名"风花"。"风花"之说，更意味着爱情的高贵与易逝，能引出人无限的思绪与感慨。

　　中国自己的花卉中，如红牡丹，如红莲，如红梅，如碧桃，如凤仙……也都是爱情的象征。玫瑰传入中国后，红玫瑰也备受青睐，当今的青年男女，以馈赠红玫瑰表示献上爱心，已非罕事。

　　据说只有德国人，对红色花朵无浓厚的兴味，他们比较喜欢蓝色矢车菊一类的情调，这大约同日耳曼民族比较严肃、比较富于哲理思考、作风比较谨慎有关；不过，大束红玫瑰，自是他们婚礼上常见的装饰物，可见即使是比较喜爱冷色的人们，在爱情和婚姻中也都并不排拒红玫瑰所体现的热烈与真挚。

　　纵使我对爱情有着品评、议论的高昂兴致，诚如上面所说，对其进行科学式精微分析亦无能为力；自知这一束随笔也完全算不得爱情红玫瑰，但思绪是真诚的，秉笔是直书的，让过往的风将它们片片吹散吧，留不下些微的芳馨，能有一缕淡淡的水汽也好！

构成春光春色的一部分

"我想出名。"一位青年朋友对我说。

　　其实有很多人都有这个想法。公开说出来的不多罢了。

　　出名，就是使代表自己的那个符号，让社会上众人知道。

　　世界上头一个出名的人是谁，弄不大清楚。但当我们落生到世界上以后，已有许许多多死去的和活着的名人。我们懂事以后，总会直接、间接地与名人发生关系。我们接受他们的教导，读他们的书，听他们的歌，看他们主演的影视或戏剧，观赏他们的画幅、雕塑或摄影作品，关注他们在竞技场上的胜负成败，攻读他们开创的学说，听他们做报告，买刊有他们照片和格言警句乃至轶闻传说的印刷品，听别人说自己也说给别人听关于他们的种种事情，碰上机会还找他们签名，挤上去同他们交谈，凑到他们身边跟他们合影，拿他们做例子激励自己、友人和子女，有时也拿他们开玩笑，对他们当中有的佩服一辈子，对他们当中有的则就渐渐撇嘴、摆手、摇头、皱眉……乃至讥讽、嘲笑、咒骂，因而也就拿那样的名人警诫自己、友人和子女……人可以做出"我绝不要出名"的抉择，却几乎不可能彻底摆脱名人那无孔不入的影响，你可以摆脱开一部分名人，但你不可能摆脱开所有的名人，特别是那些在社会生活中投下巨大身影的名人。

人出名，是一种与人类文明史相生灭的社会现象。即使你不想出名，你鄙夷出名，也仍可以就出名这件事做些研究，进行些思考。

出名现象，又可以称为社会知名度。社会知名度的强度、广度与渗透度当然有大小宽窄深浅之分。有的名字全世界都知道，几乎全体稍有文化知识的人都必然记得，而且从社会上层到社会底层一听那名字便都感到如雷贯耳；有的名字只在本民族、本国度、本地区为人知晓；有的名字只在一定的行业中、一定的社会生活领域中为人知晓；有的名字只在社会一定层面中为人知晓，上层知道的下层不知道，下层热衷的上层不了然……

出名当然更有美名、好名、善名、恶名、臭名、骂名……种种的区别，有的流芳百世，有的遗臭万年，也有的芳臭兼有，或芳多臭少，或臭多芳少，更有大名鼎鼎而人们评价一直分歧争论至今不得要领并将为后人继续争论下去的……也有那样的情况：起初交口佩赞，后来万人詈骂，或起初众口怨骂，后来却感恩不已……

"你想出名，是想出哪一种名？想出名出到怎样的程度？"我问那位青年朋友。

"当然是想正儿八经地出好名，出美名；当然出名的程度越厉害越好！"他回答我。

一位"正儿八经"地出了名的电影明星，在一次酒宴后脸颊绯红、眼含泪光地对我说："也许你能理解我内心的悲苦，我演了几十年电影，拍了几十部片子了，也确实相当出名，可我……我至今还没有一部代表作！"

我理解她。

出名，即社会知名度，以电影明星为例，分为好几个档次。

一种，是他的名字不仅成了一种大众熟知的符号，而且，一听到或看到这个符号，人们便会不假思索地联想到他的代表作的符号，也就是说，他的辛勤劳作与他的名字紧紧地粘到了一起。例如一提白杨，我们就会立刻想到她的代表作《一江春水向东流》《祝福》；一提赵丹，我们就会立刻想到他的代表作《乌鸦与麻雀》《林则徐》……

另一种，是他的名字并不太响亮，但他的代表作却留给世人强烈的印象，往往必须先提示那作品的符号，人们才能想起他的名字符号，不过大体而言，他的名字同他的事业成就还是黏合在一起的，只不过不具备上述的人名高于作品名的优势罢了。

还有一种，是他主创的作品非常出名，但对他的名字，在社会人群中耳熟能详的人数却大大低于对那作品名称有印象的人数，他们也算出了名，不过他们的名淹没在了他们参与主创的作品名称中。

第四种就是对我倾吐心声的那位女明星的状况。她的名字非常响亮，然而就连我遇上她，在惊慕她的大名之余，一下子也谈不出来她究竟有什么代表作，塑造出了哪几个令人难以忘怀的银幕形象……我印象中更深的是各种电影杂志刊登过她的便装照，以及关于她家庭生活和银幕外爱好的种种花絮新闻。她很有名，然而她的名字有点空虚——当然，就电影这门艺术的特殊性而言，主要怪不得她，她总没遇上最适合她的剧本，最善挖掘她潜力的导演、合作者总把她当作"美人"展示而未给她塑造活生生艺术形象的机会，她运气不好……

年轻的朋友，在某场合，当人们把一位电影明星介绍给你时，倘介绍人用了下列几种不同的语气，你当可以悟出那被介绍明星属于上述哪种情况了吧——

"这位就是鼎鼎大名的……啊！"（你可能立即脱口而出："您演的那个……早就看过不知多少遍啊！"）

"这位是……怎么，你没看过那部……吗？对啦！当然是他主演的啦！"（你可能立即一拍手："是呀！把您认出来啦！演得太棒啦！"）

"这位是……你看过那部……吗？很有名的片子哇！"（你想起了片子里由他饰演的角色，然而因为介绍者话说得太快你还是弄不清他叫什么名字，不过你立即乖巧地用那角色的名字称呼他："……太棒啦！认识您真高兴啊！"）

"这位都不认识吗？对呀！……"（你早忍不住叫出了他的名字，然而你一时想不出他在银幕上的样子，你只记得电影杂志封面上他的大头像，你大概没谈上几句话就会问他："您最满意自己演过的哪部片子啊？"）

电影明星的知名度可分上述几档，推而广之，其他许多领域的名人的知名度也可作如是观——倘人们往往只是记住你一个名字，而对你事业上的主要成就梦梦然，你会像那些女电影明星一样，酒后扪心，眼含泪光吗？

"您谈的那位女明星，她是出了名以后还痛苦；我却为现在还未成名而痛苦；我要像她那样出名，我就满足了。"年轻的朋友对我说。

　　他那后半句话，显然说得太早了。不过我们先来讨论他的前半句话。

　　他想出名，他为还未成名而痛苦。

　　他这个想法如何？

　　也许，我们该批判他的这一想法。但仔细想来，出名现象，西方有，东方也有。各个国家、各个民族、各种意识形态下都有。各行各业都有。从儿童到老人都有。各阶级各阶层都有。既然有，它就必然要反映到社会人的脑海中，反映的结果，便会出现种种反应：有的反应是"出名不好，我不要出名"；有的反应是"出名虽好，可我不必出名"；有的反应是"出不出名无所谓，出名这件事很无聊，但遇上也不必回避"；有的反应则是"出名好，我要出名"。那位青年朋友，他见社会上有人出名，而且社会也未禁绝出名，我们国家眼下就有许多政府褒奖的名人，还几乎年年、月月乃至周周都有种种评奖活动在举办，报纸杂志电视电影广播讲座书刊磁带展览演出新闻广告……种种传播媒体上都在不断重复某些名字，夸赞某些名字，渲染某些名字，乃至于出题考你知不知道那个名字，用一个谜语让你猜出那个名字……因此，那青年朋友萌生了"出名"的愿望，并日渐强烈，我认为是正常的。

　　"你想怎样去出名？"我问那位青年朋友。

他微笑了："当然是走正道出名，而不是走邪道出名！"

想走正道出名，我觉得可予鼓励。当然，倘若一个人走正道而并不想出名，也很好，甚至或许更好。

走正道出名，就是用自己为社会为群体为他人做出的有价值的贡献，去换取社会、群体和他人对代表自己的那个符号的承认、揄扬与流布。

比如一个人想当名诗人，那他就应拿出自己呕心沥血写成的诗作，去赢得社会群体的赞赏。

走邪道出名，一种是想投机取巧、走捷径，虽然也想向社会提供有益的东西，但或模仿乃至抄袭，或"走后门""攀高枝"，即"七分活动三分工作"乃至"八分宣传两分实际"，华而不实，浮躁虚夸，当然就不免赶时髦，凑热闹，看风向，测气候，墙头草两边倒，甚至于不惜通过踩踏他人的办法抬高自己，有人就如此这般地果然出了名。另一种走邪道的就邪到底了，在那种人心目中，出名既是目的也是出发点，不能流芳百世，遗臭万年也在所不惜，坑、蒙、拐、骗，为出名可以出卖自我灵魂，当然更不惜出卖朋友、家庭乃至民族，他们"人血染红顶子"而沾沾自喜，当狼狗疯狗癞皮狗巴儿狗都不以为耻反以为荣。所谓欺世盗名，说的就是此辈丑类。

想走正道的青年朋友啊，出名不应是你的出发点，也不应是你单一的目的。你的出发点还是应当定为向社会、群体、他人提供有价值的创造性劳动，以及完善你自身，发挥你自身；你的目的是努力使你创造的价值超出寻常的标准之上，发出特有的光彩；在这个目的之中，可包含着这样的因素——你希望社会、群体、他人通过对你名字的重视，来体现对你创造性劳动的价值的肯定。

名是一个人的符号。不管你的名"出"没"出"，你的这一符号首先体现着你为人的责任。你要为你说的话做的事造成的后果负责任，所以即使是没有"出名"的人，也免不了要签许多的名——最低限度要在领工资的表格上签名，在考卷上签名，在一封信的末尾签名，在结婚或离婚的手续中签名，在挂号信或汇款单送达时签名……

人出名后，他的个体符号便被放大了，因而责任也就更大。从这个意义上说，出名可不是一桩轻松愉快的事。一个普通的不出名的个体商贩偷税漏税，事发后即使被罚了款登了报，除了最接近他的人，谁也不会记住那桩事，然而倘若一个歌星、笑星哪怕是少缴了迟缴了并不一定比那个体商贩为多的税款，不等登报，一传十、十传百地传开去，就很可能使社会舆论为之沸沸扬扬，使得他或她承受着沉重的精神压力。在公共场合，一个不出名的人与别人接触时态度粗暴了一点，举止轻浮了一点，或乱扔了果皮，或随地吐了口痰，事情一过也就随风而散，连他自己都不会再记起。倘是一位名人，不然了，报纸上会有报道，评论家会出来评论，社会上的人们会对此议论纷纷、久久不忘，而名人固有的形象，也便会受到损害。一个普通的不出名的人，他的事业蒸蒸日上，固然得不到全社会的关注和赞赏，但他的事业波动、下落、衰败，也引不出除他周围那一点人以外的社会的注意，因此他也就遭不到许多的白眼，不会有很多的手指戳他的脊梁骨，更不会引出种种舆论上的连锁反应。倘要是一位名人，那就不同了，他的事业一出现危机，马上便有铺天盖地的反应袭向他，倘他在事业上失败，那么，他就准备着承受急风暴雨般的指责、讥讽、幸灾乐祸、落井下石吧！谁让他那么有名呢！

所以，有的"名人"慨叹说："人生出名忧患始。""出名是痛苦的别称。"一位女强人更说："当名人难，在中国当名人更难，而一个女人在中国当名女人更难。"

在中国当名人，比在世界上其他地方更难吗？

不好笼统地这样说。

不过，在中国的文化传统中，确实是不提倡"出名"的。

中国自己的宗教是道教。道教是主张清静无为的，"大音希声，大象无形，道隐无名"，要"和光同尘"才好，以"不敢为天下先"为美德。所以，与人竞争，敢作敢为，使名声显突，当然都是不对的。

从印度那边传来的佛教，在中国发展成为禅宗，与道教异趣而同样摒弃对名的追求，著名的惠能和尚偈语"菩提本无树，明镜亦非台。佛性常清净，何处有尘埃。"便体现着一种既超越实体也摒弃符号的空无精神。

至于比佛、道在中国文化中根植得更深的中国儒学，也是主张"克己复礼"的，个体需忠诚地认定自己在"君君，臣臣，父父，子子"的既定秩序之中的位置，"非礼勿视，非礼勿听，非礼勿言，非礼勿动"，这当然大大限制了个体符号的突出显明。但儒学与佛、道不同之处，在于它毕竟是主张"入世"的，因而孔子本人也就比较重视人生在世的名声问题。《论语》中就记载着他说过"君子疾没世而名不称焉"的话——那就是说，类似曹雪芹那样生前"举家食粥酒常赊"，除了几个相好的朋友邻居，整个社会全然不知道他的存在，直到死后才渐渐为人所知，以至一二百年后才名声大噪的这种遭际，倘孔夫子地下有知，是绝对受不了的，他要求"现世报"——现世做的事，应博得现世的名。

中国历史上的知识分子，一般是儒、道、释三教的思想都接受，并尽量加以融合，而又以儒教思想为主体的，因而对于"功名"，总有一种羞羞答答的情态，也总有一种强烈而执着的追求。他们一会儿说"喜名者必多怨，好与者必多取""吁嗟身后名，于我若浮烟""不汲汲于荣名，不戚戚于卑位""但看古来盛名下，终日坎缠其身"……一会儿却又大肆鼓吹"患名之不立，不患年之不长""虚死不如立节，苟殒不如成名""豹死留皮，人死留名""死无所留，不如无生""功略盖天地，名已青云上"……

在中国世俗社会里，"雁过留声，人过留名""十年寒窗无人问，一举成名天下知""光宗耀祖，青史留名"一类的心理倾向，也是源远流长的，所以，同世界上其他地方一样，中国既有名人，也有没出名的人想出名，也有名人崇拜。

这样看来，在中国当名人，也还是有一定社会文化传统为依恃的。

有人说，中国人嫉妒心强，又缺乏竞争心理，看见别人出名，不是想办法通过自身努力，在事业上与人家合理竞争，以赢得盖过人家的名声，而是用"我出不了名，你也别想享那个名"的心理，支配自己干出造谣中伤、诽谤诬陷乃至拆台置障、破坏伤害的事，一旦出名者失势，或果然身败名裂，则不但拍手称快，还要落井下石——其结果，并不是自己取而代之成为名人，倒是获得一种"怎么样，你出名有什么好下场？我没出名，我可比你安全！"的心理满足。

　　上述情况，确实存在。不过，这也恐怕非中国人独有。我们只要读过几本法国作家巴尔扎克的《人间喜剧》，也就可以发现，在西方，在基督教文化传统熏染下，一些人的心理中也仍有嫉妒之恶、"我好不了你也甭好"之恶、"拽人下马"之恶与落井下石之恶。对名人的这种嫉妒与毁辱之心，大约是人类人性中恶之一种，具有普遍性。

　　与其反对想"出名"的思想，不如反对"反正我也出了名，那么，谁也别想出名"的人性恶心理。

　　一个国家、一个民族，其文化发达的程度，一般总是用有多少杰出人物令别的国家、别的民族承认为标志的，也就是说，需要"墙里开花墙外香"，方能"为国争光"。体育是最超越意识形态的，所以在国际大赛中获取金牌的体育明星的知名度一般来说最高；其次是影视歌界的明星、作家和画家，以及科学技术界有发明创造的人物。我们国家中即使最淡泊名利、最自认是马克思主义者、最反对资产阶级个人主义的人，似乎也不反对中国优秀运动员的名字传扬四海。近年来我们的报纸新闻中，还不断报道某某界某某人被西方一本何等权威的《世界名人录》收录于其中，某某人的某创作或研究成果在西方某国际性展览中、比赛中、会议上被颁了奖、受到好评、引起震动……说到底，世界上不管哪个国家、民族，总希望自己当中有人能名扬于国外族外，誉满全球，任何一届中国政府和任何一茬中国人，都不例外。

有人说，中国净是些个"墙里开花墙外香"的事，有些人的创造性劳动成果，倒是先引起外国人重视，然后"出口转内销"，那名声才反馈到中国。先扬名海外再扬名国内，乃至在扬名国外却仍在国内受压抑，反得不到应有之名。这类情况当然是有的。不过是否为中国所独有，也仍然未必。1984年诺贝尔文学奖颁给了法国作家克洛德·西蒙，消息见报后，巴黎街头就有人面面相觑地对问："他是谁？"因为在法国，所谓"新小说派"的代表人物，人们会认为是罗伯·格里耶、马格丽特·杜拉斯等人，克洛德·西蒙在该流派中并非带头人，也非最知名者，何况还有另外许多其他流派的大作家存在，所以，克洛德·西蒙的获诺贝尔文学奖，也属"墙内开花墙外香"之一例。

"墙内开花墙外香"的因素很复杂，往往主要是因为墙内墙外的价值标准不同，或衡量方式不同。中国过去大体是一种封闭的状态，而在封闭的空间内，又过分强调个体的无价值，因此抑制了花开，也就淡灭了花香，墙内无花香，也就不足为奇了，偶有花开，香气从墙缝溢出了国门，受到墙外人赞肯，便成为一桩大事，或

"转内销"后使墙内花得以"明正身",获开花放香的特许,或竟导致大祸从天而降,几至于花落人亡——前者的例子,是20世纪70年代初期,美国总统尼克松访华时,提及了中国科学工作者陈景润在研究"哥德巴赫猜想"方面的成就,导致了陈景润处境的一路好转,并跃入国内最知名的人物行列中;后者的例子,是天津一位用世界语创作的诗人苏阿芒,当时有人告发了西方世界语组织的刊物上登了他投寄的诗,并且在那组织的建筑物中还给他塑了胸像,于是他以"里通外国"罪被捕坐牢,直到粉碎"四人帮"后才被无罪释放,那时一检验他的诗,才发现里面不但绝无半点国家机密,更无半句卖国辱国之辞,而且几乎完全是颂赞长城一类的弘扬中华之光的爱国诗歌。呜呼,"墙内开花墙外香"竟酿成一件冤案,这样的例子,他国他民族怕就实在不多见了——愿在我国亦属一时的偶例吧,叹叹!

让墙内百花盛开吧!为香溢墙外而自豪吧!也让墙外的花香飘进来吧!

"原来我崇拜名人,可是现在我感觉受到名人的压抑!"年轻朋友对我说。

他的感觉我可以理解。已经出名的人,既可能成为未出名而想出名的人的引路人,也可能成为未出名而想出名的人的挡路石,在后一种情况下,原来对他崇拜的未出名者而产生压抑感,是必然的合理反应。

一个社会,倘若它的名人在相当长的一段时间里居然没有流动和增添，那么，它一定是缺乏活力了。正常的状况，是名人有一个良性的流动、更迭、增添过程，换句话说，就是社会知名度应有一种正常的递换，大体而言，正常的递换律为：

1.群体的递换，从老年人递换到中年人和青年人。

2.从创造力相对衰竭的人递换到创造力大爆发的人。

3.从以传统模式创造的人递换到以创新精神发展传统乃至突破传统而架构出新模式的人。

4.从整体创造状态平稳的人递换到因其创造状态特异而引出争论乃至惹出风波的人。

已经出名的人，很容易产生一种保名的心理，这一心理的健康机制为：

1.焕发更大的创造力，从量上扩大已有的成就；

2.突破自己，因而在新的高度上创造出新的名声；

3.无论在量上、质上都似乎不可能再有大的突破，则"爱惜自己的羽毛"，宁愿名气渐衰渐隐，也不做非创造性的无聊甚至有害的事；

4.甘当"人梯"，以自己现有的才华和水平，奋力推出新的名人。

但这一心理也有可能产生不健康的机制，往往表现为：

1.嫉恨比自己年龄轻、资历浅或原来比自己名气小的同辈人追赶上来，认为"还轮不到他们"，总是想方设法忽略、冷淡、贬抑、否定他们的创造成果；

2.不承认自己的无为与创造力的衰竭，对他人创造力的旺盛抱怀疑和否定的态度，不是认为他人狂妄，就是指责他人不肖；

3.对他人特别是年轻人对传统的挑战和突破不分青红皂白地感到惊惶和愤慨，尤其是当年轻人的锋芒指向自己或涉及自己时，易激怒而绝不宽容，恨不能踏平而扫荡，以除抢名之患；

4.不承认自己的平稳状态其实倒体现着社会对自己的稳定尊重，反而对一些新冒出来的人物引出的争论、惹出的风波也抱嫉恨的心理，轻率地斥人家为"投机""无耻""无聊"，总企图把社会上对有关争议关注的"热点"，转移到自己这固有的符号位置上来。

社会生活仿佛一条大河，封冻期死气沉沉，谁也别想出名，但一旦春暖花开，冰河解冻，则大小冰块一齐向下流出海口涌去，这时候，倘有大冰块堵住河口，那么，许许多多的小冰块便会潴留堆积而无法前进。已经出了名的人，可别充当那堵住河口的大冰块啊。

说了半天名，没有谈到利，更没谈到权，为的是讨论问题方便。

名——利——权，确实往往是联系在一起的。"名利思想""名利双收""争名夺利""名缰利锁""名利两空"……从这些语汇上看，名与利不啻是一对双胞胎，至少是一对"隐形伴侣"，常常是"一荣俱荣，一枯俱枯"的；而权位又往往是名之母利之父，"一朝权在手，便把名来行"，那"名"是既可扬自己之名，也可收自己之利的。

但也还毕竟不能把名、利、权等同起来。权欲熏心的人，连贾宝玉都斥之为"国贼禄蠹"，不足与论。利欲熏心之人，即便他是在法律容许的范围之内敛财发迹，也终究一身臭铜气，俗不可耐。以上两种人，也可能同时要名，但一为欺世盗名，一为附庸风雅，都足令人鄙薄。有没有淡薄权力和财富，一心只想靠自己的才华和努力，并通过对社会、集体、他人有益的创造性劳动，获得名气，以满足自我的人呢？我认为确实是有的。这样的人，我认为可尊敬，可鼓励，倘若他获得成功，则可祝贺，可庆幸。

　　"话虽这么说，可是，在咱们中国，一个文化界、科技界出了名的人，不管他自己想不想要，那政治上的头衔不就送上去了吗？有时不也就真去当官了吗？生活待遇自然也就提高了，利也相随而至了。所以，我才不相信有人真是只为名不为权和利哩！"青年朋友对我嗔怪起来。

　　我只好微笑。

　　这不好做什么争论。但我相信，不图权、利，而只渴望以自己的才华和成就出名，确是一种实存的心态。

　　有没有那样一种人呢？他很有才华，很能为社会、群体、他人做出杰出的贡献，但他不仅绝对不向往权力和财富，而且绝对不愿出名呢？当然有的！那是人类中最高尚的人。但也许他会很不幸——因为一旦他有着杰出的贡献或高于众人的德行，他终究也还是要显名的——没有办法，因为人类的认知不能不借助于一个符号，而他的名字，便不可避免地要成为一个最合适最简捷的符号，以显示那贡献或德行本身，如"爱因斯坦相对论"和"雷锋精神"都是如此。

当然，世界上、人生中，更有极大数量的"庸常之辈"，所谓"芸芸众生"。他们既不渴求权力，也不奢望发财，更不企盼出名，他们宁愿或安于过一种诚实工作、按劳取酬、不犯法不受罚、平平凡凡、恬恬淡淡、稳稳当当、安安全全的小康生活，他们也会知道一些"名人"，喜欢一些"名人"，佩服乃至崇拜一些"名人"，但他们从根本上觉得出名是"名人"的事，他们并不幻想进入"名人"世界，他们也绝不欢迎"名人"干扰他们平静安适的生活。对他们，该怎么看呢？

他们是这个世界的主体。

他们是承载"名人"之舟的汪洋大海。

他们是最可尊敬的。他们合成一个整体后，任何一位"名人"在他们面前都会显得渺小。

真正有水平的名人，名实相符的名人，也许会同其他的名人产生矛盾，也许会鄙薄、蔑视其他的某些名人，却都能最清楚地意识到，他们必须尊重乃至于讨好这些"芸芸众生"——无论是知名的政治家，还是著名的文学艺术家，还是科学家发明家，还是企业家、银行家，乃至于体育明星和杂技明星，都该懂得这一点。日本的商业界最早提出来"顾客是上帝"，可见深得其中三昧，政府不是上帝，商业部不是上帝，商业学权威不是上帝，其他商界巨头更不是上帝，一切"名人"都不是上帝，而那不知名不知姓的广大顾客，才是自己的上帝。这种"上帝崇拜意识"，想出名的人要有，已出名的更要有。

当今的世界是个"信息大爆炸"的时代，几乎每一分钟世界上都有新的论文产生，都有新的书籍在出版，都有新的视听文化节目在播出，都有新的名字在传播媒介中出现，因此，在这样排山倒海的信息潮流中脱颖而出，获得最强烈、最充分、最圆满、最持久的符号价值，就越来越难了。而且当今世界的科技发展，使得人类的行业分工越来越细密，互相的依赖性也越来越强，已不可能再出现诸如16世纪意大利达·芬奇那样的全面发展的巨人：他既是伟大的画家和雕塑家，又是了不起的建筑工程师和兵器设计家，又是最早进行人体和动物解剖并做出研究的生理学家，还最早提出了直升机的飞行原理并制作了模型进行了实验，还是地质学家、化学家、植物学家，还试验了新型颜料，改进了纺织机械，在冶金学和冶炼工业方面也有独创性发现和发明，并且他本人又善弹奏竖琴，能写漂亮的文章，有绘画和色彩学方面的专著……我说了这么多都还并没有说完，你看他的名涉及多少个方面，而且都属一流层次。现在世上名人的名分流了，年年在颁发诺贝尔物理学奖、化学奖、生物学或医学奖……年年报纸都登出获奖人的名字和有关他们的研究成果的介绍，我们中国毫不例外，但不仅再没有居里夫人、爱因斯坦乃至于杨振宁、李政道、丁肇中式的轰动，那些获奖者的名字除了跟他或她在一个小学科中是同行的人记得住外，甚至于同一个大行业的人也都不能记住乃至于懒得记住，因为他们的成就大都仅是在前人众多的贡献基础上，将那一个科学之细微分支又有所推进而已——理解他们那贡献的重要意义，已非只有一般常识的人所能。

又由于当代社会文化层面的拉开，社会中的人们已并不共享提供于社会的共用符号了，例如文学艺术中，高档的东西，像探索性文学作品啦，古典音乐啦，意大利美声唱法的演唱啦，中国古典音乐的原器原谱演奏啦……都不一定能使在那些方面有才能有成就的人物充分地在社会上出名，相反，一些通俗的东西，像武侠小说和言情小说啦，流行音乐啦，霹雳舞啦，迪斯科啦……却使一些这方面的幸运儿名声大噪，他们的知名度，不仅大大高于上者，而且连不欣赏不喜欢他们的人也不得不下意识地记住他们的名字——因为在那几乎无处不在、无法躲闪开的传播媒体中，特别是家中电视和街头广告里，你总能遇上他或她。

从20世纪70年代初中国同美国等西方主要资本主义国家建立外交关系到"四人帮"倒台，党的十一届三中全会的召开，向中国社会提供了使一大批人出名的机会，许多小说家、诗人、画家、发明家、企业家……得以成为新的名人；而20世纪80年代中期由于中国实行了卓有成效的改革、开放政策，中西文化开始发生更大规模更大程度也更坦率和直接的碰撞，这就又构成了第二个成批出名的机会，例如造型艺术界的几次展览，使一些在以往划为禁区的创作领域（如裸体画）和创作方法（如现代主义、后现代主义和"超级现实主义"）中有所突破的作品及其作者，引发了轰动效应，从而大大提升了一批人的名气，或使他们一举成名。

这里不探讨这两次机会中出名的人"该不该出名"或"出名者是否名实相符"以及"出名后他们表现如何""如何对待他们的出名"等等问题。我只想指出：个人的成名，才能和努力固然是主观方面的条件，社会容纳和接受的可能固然是客观方面的条件，但更有一个使主、客观相激相荡、相辅相成、相生相长的机遇因素。

在人的一生中，大的社会机遇往往只能遭遇一回，中等的社会机遇很难遭遇三回，小的社会机遇顶多不过五六回或七八回，绝不要妄想有十回以上的运气。因此，你想出名（这里指的当然是走正道出名），就必须善于抓住机会。

机不可失，失不再来。

一个封闭、压抑的社会环境固然绝不利于个人出名，一个开放繁荣而稳定、持平的社会也难以提供个人出名的充足机遇——因为名人已经太多，不出名的"芸芸众生"没有"名人渴望"心理，反倒有符号满溢的厌腻心理，水不乐于载舟，你舟虽华美，又奈之何！

在一个社会的变动期、转换期，特别是良性的变动、转换期中，必有大的机遇，必能推出一批新的名人，而有志于扬名的个人，则必须有预感力、把握力和勇气与智慧，不失时机地迎上前去！

"走正道出名，究竟还有什么规律可循、什么诀窍可用呢？"青年朋友问我。

规律我已经总结了：

你的本钱——才能；

你的努力——心血和汗水；

你的勇气——突破与创新；

你的可能——社会的接纳度；

你的机遇——往往是擦肩而临的运气。

诀窍么，实在想不出来。

"不搞行贿受贿，不搞虚的假的，绝不乌烟瘴气，更不低级庸俗，但勇于积极地宣传自己，不卑不亢、亦庄亦谐地在人际关系中进行活动，调整好个体在社会网络中的'地位'，以便增加脱颖而出的润滑性；眼观六路，耳听八方，精于捕捉信息，能础润而知雨之将至，以防机遇来临时失之交臂、一去不返……这些难道不是诀窍么？"青年朋友反问。

我想了一想，点头。

但人的出名，又往往出于偶然。"有心栽花花不开，无心插柳柳成荫。""聪明得福人间少，侥幸成名史上多。"世上确有不少的名人，本是一点也不曾妄想出名的，却在种种机缘凑拍下，倏地一举成名天下知。

人的出名可能缘于偶然。出了名的人的知名度，何以膨胀得那么厉害，或何以萎缩得那么迅速，其间的原因，也不是都那么好做出合情合理的解释，恐怕也有种种偶然的因素，在其中起到关键的作用。

"你想出名，可是努力了半天，还是没有能出名，或者成绩已经显著却名气不大，名不符实，你又当如何呢？"我问那位朋友。

他想了想说："当然觉得遗憾。不过也许倒也能聊以自慰——我毕竟以自己不懈的努力，推进了自己热爱的事业，并且也算为社会多作了一些贡献。尽管我没有取得社会名气，但我的亲友，我的恋人，我周围的同事，显然都比以前更尊重我，更信赖我，我的自尊心、自信心也大大地增强了……我想，就是永远出不了名，这样也不错。"

诚然。

想走正道儿出名，经过努力出不成大名，总能出点小名，就是严格意义上的社会名气没能取得，那么在周围的普通人眼中增添些尊严，实际上也是获得了一种符号价值。

想到古人颂春，有说"春在乱花深处鸟声中"的，即所谓"江南草长，杂花生树，群莺乱舞"，标准比较高；有说"乱分春色到人家"的，很为春光的分配不均和漫无规律不平；又有说"芳树无人花自落，春山一路鸟空啼"，春色虽美，却无人赞赏；还有叹息"狂风落尽深红色，绿树成荫子满枝"的，春光春色虽好，怎奈它不久长！另有惊喜于"老树着花无丑枝"的，可见机会到老亦自有，全看你能否奋力开出好花朵；又还有"春江水暖鸭先知"的说法，鼓励人们如鸭入水般地先占春意……倘将春光春色比喻出名，那么，我最喜欢的一种说法还是宋人辛弃疾的"春在溪头荠菜花"。

向往春光春色，是无可责备的美好追求。向往走正道出名，亦是无可指摘的人生追求。但一味地执着于出名，则很可能弄得"世事空得两目瞠""无数杨花过无影"，令人讥为"可笑区区当世上，满怀冰炭苦相煎"。想成为一朵占尽春光的牡丹固然雄心可嘉，但倘若自己才气、功力、机遇都不那么具备，那就甘为溪水边的一丛荠菜花吧，甚至于"苔花如米小，也学牡丹开"；享受春光春色既不应是我们的出发点，也不应是我们目的的靶心，我们的出发点和终极目标是以自我的努力，也去构成春色春光的一部分，使世界更美好，使人类更幸福！

"人们到处生活"

逆境往往突然袭来。

渐来的逆境，有个临界点，事态逼近并越过临界点时，虽有许多精神准备，也仍会有电闪雷击般的突然降临之感——如金钱的匮乏发展到身无分文；等待中终于接到不录取通知；经过多方查验确定为癌症；一再追挽而无效，恋人确已投入他人怀抱……

逆境的面貌不仅冷酷无情，甚而丑陋狰狞。

逆境陡降时，首要的一条是承认现实。承认包围自己的逆境。承认逆境中陷于被动的自我。

"我不能接受这个事实！"这是许多陡陷险逆境中的人最容易犯下的心理错误。事实是客观的存在，不以你的接受与不接受为转移。不接受事实，严重起来，非疯即死，是一条绝路。必须接受事实，越早接受越好，越彻底地全面地接受越好，接受逆境便是突破逆境的开始。

承认现实，接受逆境，其心理标志是达于冷静。处变不惊，抑止激动，尤忌情绪化地立即做出不理智的反应。

面对逆境，要勇于自省。

逆境的出现，虽不一定必有自我招引的因素，但大多数情况下，总与自我的弱点、缺点、失误、舛错相连。在逆境中的压力下检查自己的弱点、缺点、失误、舛错是痛苦的，往往也是难堪的——然而必须迈出这一步。

迈出了这一步，方可领悟出，外因是如何通过内因酿成这一境况的，或者换句话说，内因为外因提供了怎样的缝隙与机会，才导致了这糟糕局面的出现。

不迈出这一步，总想着自己如何无辜，如何不幸，如何罪不应得，如何命运不济，便会在逆境的黑浪中，很快地沉没下去。

但在迈出这一步时，如果不控制好心理张力，变得夸张，失去自尊与自信，则又会陷于自怨自艾，甚而自虐自辱、自暴自弃，那么，也会在逆境的恶浪中，很快地沉没下去。

逆境的出现，当然与外因外力有关。在检验自我的同时，冷静分析估量造成逆境的外因外力，自然也非常重要。

外因外力不一定都是恶。也许引出那外因外力的倒是我们自身的恶，外因外力不过是对我们自身的恶的一种排拒，从而造成我们的难堪与逆境。例如因为我对恋人撒过一个谎，恋人拆破这个谎后对我的人格产生怀疑或竟至鄙弃，从而断然中止同我的恋情，乃至投向了别人的怀抱，陷我于失恋的痛苦之中，这一失恋又招致了家族、同事乃至邻里对我的嫌怨与鄙夷，构成我个人感情生活中的一大逆境；在这逆境中，外因外力对我的冲击首先是由我的谎言而引出的，尽管我当时以为那只是个无关宏旨的谎言，并且万不想以谎言相处为常事，我仍是深爱恋人，愿与她长相守共白头的，但我的一次谎言，哪怕小小，终究也还是我人性中恶的流露。

外因外力又很可能含有恶。恶总是乘虚而入，我们的弱点是它最乐于入的空隙，我们的缺点是它最喜爱的温床，我们的失误舛错等于是开门揖盗，恶会欢蹦乱跳地登堂入室，从而作弄、蹂躏我们心灵中的良知和善。

当我们对外因外力的分析估量导致第二种感受时，我们仍要保持冷静。

是恶造成了我们的逆境，当这一意识确立时，如何冷静得了？

要有一套冷静术。

首先是物理方式的排遣术。

例如，在自己家中，把橱柜中一些早已用旧的瓷盘瓷碗，集中一处，然后找一适当地点，例如室内相对空旷的一角，或阳台之上，将它们逐一高举掷下，在砸碎瓷盘瓷碗的过程中，以泄心头的怨怒。

又例如，到户外，昂首挺胸，快步行走于人行道上，遇对面来人迅速绕过，或以咄咄气势使来人主动闪开，一路上不必用脑，只图痛痛快快前行如飞，行至一定距离折回，方式如初，待回到家中时，略做体操再加舒展，则心中郁闷，必得锐减。

莫以上述物理方式的排遣术为浅陋。初坠逆境，此种排遣术可收立竿见影之效，使自我不至于在正式的社会活动中陷于狂躁或抑郁，得以冷静地处人待事，以渡难关。

比这类方式高一级的可称为化学式排遣术。

这包括吃好、睡好和玩好三个方面。吃可补养身体，睡可平衡精神，吃、睡中自然都有一系列的化学反应，而玩则是把良性的化学反应导向一个高潮，文静式玩法如去公园赏花钓鱼，活泼型玩法如登山游泳，如能在玩中引发出微笑、嬉笑乃至大笑，则体内的化学反应必将更趋活跃而激发出勃勃的生机，正是逆境中最宝贵的避暗求明之利剑。

有人在逆境中食不甘味，寝不安席，玩又没有条件，笑不出来只想哭，那么，找个无人在旁的机会，大哭一场，哭个号啕淋漓，也能激活体内化学反应，导致良性的调节效应，痛哭之后，人就会心理松弛而归于冷静理智。

熬过逆境，需有一种观照意识。

拉开与恶的距离，拉开被恶所控制的人与事的距离，并且拉开与逆境中的我的距离，跳出圈外，且作壁上观。

这是真正的冷静，彻底的冷静。

读过杨绛女士的《干校六记》么？所记全系逆境，然而保持着一种适度的距离，于是成为一种超然的观照，在观照中透露出一种对恶的审判与鄙弃，显示出人性与理智的光辉。

在重重阴霾中努力捕捉住哪怕仅只一线的暖光，当然是渡过逆境不可缺少的手段之一。不过切不可对阴霾中的光缕产生依恋之情，更重要的是保持内心的光明。能从逆境中打熬过来的人，毕竟主要依赖着灵魂中的熠熠光束，那犹如不会熄灭的火把，始终照亮着生命的前程。

逆境有种种，各种异中有同，同中有异。

经济逆境：天灾、车祸、疾病、被盗、被骗、赌博、挥霍等等因素都可能造成经济上的困窘，更不消说即使是相当精明的生意人也难免遭逢亏损乃至破产的境遇。此种逆境往往并不给人一种群体共承的感受，当事人内心中会有一种"为什么偏轮到我"的剧痛，所以，有时此种逆境比政治逆境更难挺过。

人际逆境：遭人白眼，受人排挤，刺痛自尊心，产生孤独感；或因自身的狂傲不羁，或因不善为人处事，或因有人造谣中伤、挑拨离间；此种逆境对不同地位不同性格的人产生的效应很不一致，但一个人一旦感受到在人际关系网络中出现较大问题时，那一定是陷于此种逆境相当之深了，必须采取措施，加以缓解以至消除，否则，越陷越深后，亦可能引出悲剧。

以上两种逆境经常纠缠在一起，袭向人生。这样的逆境最磨砺人的灵魂。鲁迅先生少时曾处于此类逆境之中，他在《呐喊》自序中说："有谁从小康人家而坠入困顿的么，我以为在这路途中，大概是可以看见世人的真面目。"其实当年的曹雪芹，也正是其家族和个人遭遇了政治上、经济上和人际上最浓黑的逆境，"看见世人的真面目"，这才"燕市哭歌悲遇合，秦淮风月忆繁华"，写成"字字看来皆是血"的《红楼梦》的。

除以上逆境外，还有：

感情逆境：例如失恋，就是一种对个体而言相当严重的逆境；当然也还包括婚姻破裂、婆媳不合、公婿冲撞、妇姑勃溪、叔嫂斗法、朋友反目、父母失尊等等因素所造成的感情创伤；在伤感情的逆境中，人内心的痛苦往往也会达于断裂点，所以对克服这类逆境，亦不可等闲视之。

心理逆境：如总是无端地生疑，或无端地恐惧，天下本无事，庸人自扰之，乃至杯弓蛇影，杞人忧天，惶惶不可终日。这种神经质的状况如不及时得到纠正，则有可能发展为癔症及精神疾病，所以亦不可对这类心理逆境掉以轻心。

健康逆境：如被医生确定为已患不治之症，虽自我心理状态尚属坚强乐观，但毕竟面临着死亡的逼近，是人生中最沉重的逆境。战胜这一逆境，往往需要精神上的高度升华；在形而上的探求中，辅以各种治疗及补养，将死亡逼近的逆境击退，乃至终于康复的例子，也是有的。

算来已归纳出五种逆境了，但还必须开列出第六种逆境——事业逆境。以上五种逆境，均可导致事业逆境。这里所说的事业有着宽泛的含义，从工厂车间里一个普通工人希望能逐级升为一级工，到一位科学家希望能有轰动世界的发明；从公共汽车上的一位售票员希望能得到乘客的表扬，到一位作家希望得到诺贝尔文学奖……事业好比一片黑土，事业心好比一粒充满生命力的种子，事业心在黑土中生根、发芽、开花、结果，本不成问题，但人生中难免风雨袭来，乃至冰雪顿降，又有严寒霜冻，酷暑骄阳，因而人的事业心很可能会受到挫伤，人在事业上因而很可能无成乃至失败，以至陷于严峻的逆境。从这一逆境中挣扎出来，自强不息，奋力精进，当是人一生中最可宝贵的篇章，最足自豪的乐曲。

逆境，也就是人生危机。据说美国前总统尼克松对汉语"危机"一词的构成很表赞赏，危机=危险+机会，危险人人惧怕，机会人人乐得，"危机"是在危险中促人寻觅把握机会，既惊心动魄，又前景无穷。

记得鲁迅先生写过这样的句子："在危险中漫游，是很好的……"我想，他是深知唯其在危险中，才能调动起自我的全部生命力，从而捕捉住那通向璀璨未来的机会！

《红楼梦》第二回写到，贾雨村到智通寺去，见门旁有一副破旧的对联曰：

身后有余忘缩手
眼前无路想回头

他因而想到："这两句话文虽浅其意则深……其中想必有个翻过筋斗来的也未可知。"

贾雨村所见到的智通寺对联，是中国人一种典型的"防逆境"告诫，也就是说，为防陷于逆境，凡事应留有余地，万不可求满，"满则溢""登高必跌重"，需自觉地收敛、回缩、抑制、中止。不过人在顺境中，欲望又是很难收敛、回缩、抑制、中止的，所以

"翻筋斗"又很难避免，但"翻过筋斗来"，则有可能"吃一堑，长一智"，从而做到"身后有余早缩手，眼前有路亦回头"。

人当然没必要自我寻衅，吃饱了撑的似的往逆境里扑腾，即使是正当的欲望，适度地加以抑制，以及勿以完美为尺度，知足常乐，见好就收，都是处世度生的良策。不过，一些中国人往往过度地自我收敛，把唯求苟活奉为在世的圭臬，以致有"宁为太平犬，不做乱世人""好死不如赖活着"等等想法产生，弄得不仅丧失了终极追求，也失却了最低限度的正义感、同情心和自我尊严，我以为那是一种可怕的犬儒主义、可悲的活命哲学、可鄙的人生态度、可恨的良知沦丧。人不应因为惧怕身陷逆境，便以出卖乃至奉送自我灵魂来求得"安全"；人一旦陷于逆境之中，更不应什么道义、什么责任都不愿承担，唯求自保以苟延性命。

逆境逆到头，无非一死。"人生自古谁无死，留取丹心照汗青。""我自横刀向天笑，去留肝胆两昆仑。""砍头不要紧，只要主义真。""宁愿站着死，不愿跪着生。"这类志士仁人的豪语，昭示着我们"曲生何乐，直死何悲"的真理。在逆境中我们当然要珍惜生命，钟爱自己，怀抱"留得青山在，不怕没柴烧"的志向，但却万不可为留皮囊，出卖灵魂，万不可为捱时日，自丧尊严。

要勇于在逆境的火中炼成真金，但也不惧怕在逆境的抗争中玉碎。

逆境中，亲情和友情固然是重要的感情支撑，然而最重要的，还是自己对自己的钟爱。

要自爱。

要善于自爱。

例如，当你失恋后处于感情逆境时，单靠身边亲友的安慰是无法疗治自己的心灵创伤的，这时你万万不能自己也抛弃自己，把自己封闭起来，蜷缩起来，藏匿起来。你要想方设法来填补心灵上感情空间的虚无：

去逛商店，精心为自己选购一件礼品，回到家细细地欣赏。

给久未通信的亲戚、老同学、旧相识写信，不必倾诉你失恋的痛苦，但可向他们报告你事业和生活中的进展和乐趣，报告你的居住地的奇闻趣事。同时希望他们给你来信，告知你他们的近况和他们那边的种种趣闻；信寄出后不必等候回信。

去一处几年没去过的公园，在那被你长久遗忘和忽略的地方，寻找意外的美感；不必为所看到的爱侣双双的甜情蜜意感伤，要多注意单独的游览者，从他们当中那悠悠自乐者的神态中捕捉人生的真趣，条件具备时可与那样的单打一游览者攀谈，但亦不必希望从中获得建立长久关系的人物——人生中可有许多的露水情谊，让晶莹单纯的露珠点缀你的生活，滋润你那干渴的心。

去你从未光顾过的街区，漫步于那些你从未钻进去过的小巷，你可细细体味"人们到处生活"这句话中所包蕴的真谛，从而悟出你的逆境在众生相中其实远非特殊与不可忍受。

买一束鲜花或采一束野花，带回家中插入瓶中，摆在书案或床头，细细观赏它们的美丽，吮嗅它们的馨香。

去看一场你以前不可能入场观看的电影或舞台演出，如果你购票时已经开演一阵，那更好，进去后你可以最宽容的态度对待那使你觉得毫无趣味的场面，当你觉得实在难以奉陪时，便提前翩然退场，并在退场后微笑地联想到，既然将生活加以艺术化的演出尚且可以如此失败，那么，生活本身的缺憾又何以令我们痛不欲生？

……

在这般温馨细腻的自爱自慰中，你定能安度感情逆境，达到一个新的彼岸。

"人们到处生活。"

这是一句字义浅显而意蕴很深的话。

在逆境中，这类朴实无华的自我判断是实现心理平衡的瑰宝，还可举出：

"这个世界不是单为我一个而存在的。"

"没有谁规定我必须成功。也没有谁规定我必定失败。"

"别人怎么看我是一个几乎可以忽略不计的问题。问题是我自己究竟怎么看自己。"

"当我以为人人都在注意我的时候，其实几乎没有哪一个人在特别地注意我。我不必为那么多别人来注意我自己。"

"不要总觉得全世界的不幸都集中到了自己身上。倘真是那样的话，自己可就太幸运了。"

"不要总觉得自己受骗，自己被抛弃。也许问题出在自己过分自信和过分依赖别人这两点上。"

"为什么总希望别人都来同情自己？我们何尝有那么多工夫

和精力、感情和理智去同情别人？人类需要同情，然而我们无权独享。"

"如果有时幸福是从天而降，那么为什么灾难非得先同我们预约？"

"轮到我了。不仅排队购买一件惬意的商品会终于轮到我买，想尽办法预防的流行感冒也终于会轮到我得。"

"事实并没有所想象的那么可怕。对事实其实完全用不着想象。事实就是事实，面对它，不要想象它。"

"即使是最亲近的人，也没有道理让他们与自己平均承受逆境的压力。"

"多听别人对你的逆境的分析，少向别人倾诉你在逆境中的感受。"

"认为逆境对你是一桩大好事这类的话，倘说得太夸张，便同认为逆境对你是罪有应得等义。"

"不必为体现所谓的勇气徒使自己陷入更险恶的逆境。尤其不必为勇气观赏者去进行无益的表演。他们的恐虑和喝彩随时可能会转身离去与不吭一声。"

"那些对你说'我早就跟你讲过，不要如何如何……'的人，他们现在的话你简直一句也不要听。那些对你说'我早就想到了，可一直没好意思跟你讲……'的人，他们现在的话听不听两可。那些直接针对你现状提出建议的人，他们的话才值得倾听。"

"使你处于逆境的人，他们可能正处于另一种逆境。"

"用自己的逆境与别人的顺境对比，是糊涂。用自己现在的逆境同自己以往的顺境对比，是愚蠢。用自己的逆境和他人的逆境相比，是卑微。"

"走出逆境后得意忘形，便可能迅即陷入另一逆境。逆境消除后缩手缩脚，便等于没有走出逆境。"

"在任何时候都不要接受这样的安慰：人生的逆境比人生的顺境美好。或：人生在世的义务便是经受逆境。"

1915年诺贝尔文学奖得主罗曼·罗兰说过："累累的创伤，便是生命给予我们的最好的东西，因为在每个创伤上面，都标志着前进的一步。"

自然是好话，可作为座右铭。

但，那种"只有历尽人生坎坷的作家，才能写出优秀作品"的说法，显然是片面的。德国大文豪歌德，一生物质生活优裕，生活状态平稳，却写下了一系列传世之作；俄罗斯批判现实主义文学的最后一个高峰契诃夫，在动荡的社会中一直过着相对安定的小康生活，无论小说还是戏剧都硕果累累；苏联作家肖洛霍夫，自苏维埃政权建立后也一直安居乐业，斯大林时期也好，第二次世界大战的战火也好，赫鲁晓夫时代以后的政局变换也好，都未对他造成什么坎坷，然而他却写出了一系列文学精品，并在1965年获得了诺贝尔文学奖。过度的坎坷，只能扼杀创作灵感，压抑甚至消除创作欲望。因此，我呼吁，那种"人生坎坷有利创作论"发挥到一定程度后便应适可而止，否则，制造别人坎坷遭遇的势力似乎倒成了文学艺术创作的恩人了，例如沙皇判处了陀思妥耶夫斯基死刑，到了绞刑台上又改判为流放，这以后的一系列遭遇，自然使陀氏的一系列创作有了特异的发展和特有的内涵，但我们总不能因此感谢沙皇，颂扬他对陀氏的迫害，或认定非如此陀氏就不可能写出好的作品——在他"坎坷"以前，《穷人》就写得很好。

不要颂扬逆境，颂扬坎坷，颂扬磨难，颂扬含冤，那样激励不了逆境中、坎坷中、磨难中和被冤屈、被损害的人。要做的只应是帮助逆境中的人走出逆境，只应是尽量减少社会给予人生的坎坷，只应是消除不公正给予人的磨难，只应是尽快为含冤者申冤。

当然，逆境的含义有三个层次。

一种，是大含义。中国很早就流行"人生识字忧患始""不如意事常八九"等人生哲学，所以除了不能解事的孩童，近乎无人不逆境，无时不逆境。我对逆境的讨论，不取此意。

另一种，是细微含义。即如上面提到的歌德，也有过"少年维特之烦恼"那类的感情深处的逆境；契诃夫，也有过其剧作《海鸥》首演失败的逆境；肖洛霍夫，也遭际过有人诬他的《静静的顿河》乃抄袭的逆境——但这些逆境不仅不能同陀思妥耶夫斯基遭遇死刑、流放那样的逆境相比，就是以他们的失恋、首演失败和被人中伤同别人失恋、创作失败和遭人诬陷相比，也都属于损伤较轻、不危及他们原有的生存和创作状态的遭际，实际上是遇"逆"而并不陷于"境"——歌德并不面临维特式的轻生抉择；契诃夫一剧暂不成功，却依然保有稳定的名誉；对肖氏的中伤，从来不曾获得社会舆论的广泛支持——所以我把类似状况称为细微含义上的逆境。

我对逆境的讨论，有时包含这一层面的意义，但基本上亦不针对此种情况。

第三种，是介乎上述二者之间的准确含义上的逆境，是与顺境相对的一种倒霉、失败、遭难、被弃、困窘的局面，此局面大体上覆盖了一个人那一时期的整个生存状态，不是枝节而是整体，不仅触及表层而且浸入深层。

说明了这一点，再体味我们进行过的讨论，当不至于再有误解。

中唐诗人司空曙在一首《喜见外弟卢纶》的五律中有两句："雨中黄叶树，灯下白头人。"明朝诗评家谢榛在其《四溟诗话》中说："韦苏州曰：'窗里人将老，门前树已秋。'白乐天曰：'树初黄叶日，人欲白头时。'司空曙曰：'雨中黄叶树，灯下白头人。'三诗同一机杼，司空为优……无限凄感，见乎言表。"自古文人多逆境，逆境中咏诗，多此种凄清之句。我读此诗，常有自己独特的感受。"灯下白头人"，固然令人扼腕不止，因为人寿几何，而岁月悠悠，既已白头，所余无多；但"雨中黄叶树"，却未必只引发出关于艰辛和苦难的慨叹，因为雨过必有天晴，树落黄叶乃至满树枯枝之后，逢春必有绿芽蹿生，而终究还会有绿叶满枝、树冠浓绿之时，也许还会有芬芳的花儿开放，结出丰满光灿的果实……所以，我常以"雨中黄叶树"来象征某种逆境，又因为觉得无风之雨未免没劲，而风雨交加中更令人感到惊心动魄的还是那呼啸的风，所以又愿将此诗句中的头一字改换，成为"风中黄叶树"，我认为"风中黄叶树"能更准确地体现出既充满危险又蕴含无限机会的逆境，足可填满意象的空间，所以，当逆境降临时，我便常以"风中黄叶树"自喻，也借以自勉。

　　人生终究是波诡云谲，难以预料的。"风中黄叶树"般的逆境后，很可能是"病树前头万木春"的悲剧结局。
　　然而，勇者必将在逆境中奋争，尽管是不免"白了少年头"，但那前景，却更可能是"老树春深更著花"！

幽默是一种天籁

新写了一篇小说，不怕退稿地投出去了。不是"新潮小说"，没有"语言颠覆"行为，有故事。讲一个人去百货商场买牙刷，女售货员冷若冰霜，态度生硬，于是……当然不是吵架，也不是提意见，而是，他惶恐地向女售货员道歉："真对不起，我惹得您这么不高兴，请您原谅我……"女售货员白了他一眼，转身躲开了，于是他只好去找值班经理，值班经理说如果售货员态度不好一定要进行批评教育，并立即带他去落实买牙刷的事，但他强调："买牙刷事小，我犯的错误事大——我让你们商场的一位售货小姐生气了，我愿意向她道歉，我希望得到她的原谅……"值班经理目瞪口呆……后来他一直找到副总经理，人家对他挺好，一点也不急躁地听他讲话，耐心地给他解释，可就是听不懂他那个"道歉"的逻辑，结果……没有结果，没人接受他道歉，他离开百货商场，走了。小说题目叫《缺货》。

　　缺什么货？

　　小说不能太直露。各派批评家都主张含蓄。我自然留给读者去思索。

——你就不能幽默一点儿吗？

现实生活中，可能会有亲近的人这样提醒你。

的确，为什么不能幽默一点儿呢？干吗弦儿绷得那么紧，那么一味地严肃，一个劲儿地庄重，总那么一副正儿八百的模样？

你可能比我还强点。我这人就特别缺乏幽默感。有时候倒是想幽默，可幽默不起来。

有人告诉我，中国文化传统中，没有"幽默"这个东西。

"幽默"这个词，两千多年前的屈夫子可是用过，在《楚辞·九章·怀沙》里，有"孔静幽默"的字样。可历代论家对这句里的"幽默"的解释都是静寂无声的意思，没有争论。

我们现代汉语中的"幽默"一词，据说是林语堂（1895—1976）在20世纪30年代初从英文中的humour一词音译创造出来的，指有趣而含意颇深的言语、行为。"幽默"是"舶来品"，这个词其实是个外来词，同"干部""沙发"一样。

中国文化传统中，竟真的没有"幽默"这个东西么？

有没有与"幽默"同义的词？"滑稽""诙谐""揶揄""戏谑""调笑""逗趣"……似乎都与"幽默"不同。《史记》里有《滑稽列传》，里面写到的淳于髡、优孟、优旃、郭舍人、东方朔、西门豹等"滑稽人物"，或擅"谈笑讽谏"，或擅"敏捷之辩"，有些地方，近乎"幽默"。然而他们都直接以其术参与高层政治，负荷太重，与今天我们所谈的日常生活与社会活动中的幽默，究竟还是两码事。

《唐诗三百首》，算是历来最被叫好的一本清人选的唐人诗集，认为它选的作者、内容、风格都相当广阔，且有代表性。但你一首首读下去吧，竟很难找到几首有幽默感的诗来。以我个人愚见，只有王建的一首五绝《新嫁娘》，算得上一首幽默诗："三日入厨下，洗手做羹汤。未谙姑食性，先遣小姑尝。"

《红楼梦》，被誉为"中国封建社会的百科全书"，尽管笼罩总体的是悲凉，里面倒也百味俱全，幽默似乎也有那么一点，却实在只是极次要的因素。同时代产生的长篇小说《儒林外史》专事讽刺，近幽默处更多一些，然而也非作品的精髓。晚清的《官场现形记》和《二十年目睹之怪现状》，就连高档的讽刺水平也维系不住，有些地方几近于愤激与怨骂，离幽默境界就更远了。

直到"五四运动"之后，中西文化发生第一次大撞击，中国文化中才喷涌出了一些幽默，其中最突出的例子是鲁迅先生《阿Q正传》的发表。它从1921年12月即在《晨报》副刊"开心话"专栏开始连载，那时林语堂还远未发明"幽默"一词，但中国文化中的幽默高峰，实际上已经涌现。

中国古文化中，人们津津乐道的，只是"杜工部之沉郁，韦苏州之淡雅，温八叉之绮靡，李义山之隐僻……"就连"诙谐"，也从未成为气候；中国新文化中，《阿Q正传》式的幽默又并未繁荣起来，所以，与世界上其他一些民族一些国家相比，我们似不必讳言——中国人比较地缺乏幽默力和幽默感。

承认幽默的缺乏，我以为并不丢脸，所以也无须"鼓起勇气"。

一个民族有一个民族的素质和风格；一个国家有一个国家的具体情况。比如我去过法国也去过德国，总体而言，印象中法国人相当浪漫，德国人过分严肃，两者相比，法国人就比德国人来得幽默。我有的德国朋友就承认他们德国人不大会开"巧妙的玩笑"，这些丝毫也不意味着他不爱自己的祖国，或在比较会开"巧妙的玩笑"的法国人面前有民族自卑感，我想也不会有另外的德国人听了他这话，便斥他为"丧失民族尊严"。这就犹如蒙古国的人承认他们国家没有出海口也没有大的河流一样，那是一桩事实，承认那事实无碍于他们自立于世界民族之林，无碍于他们国家的尊严。

近些年来，一些报纸副刊上，一些杂志上，常以"西方幽默"来"补白"，虽说点点滴滴，却也"润物细无声"地往中国人心灵中浸渗着幽默元素。

信手拈来几例：

1. 有人问演员、体育播音员鲍勃·于克尔："你是如何处理作为一个演员的压力的？"回答："非常容易。当我失败了，就把压力放在了我后面的人身上。"

2.有人问名演员伍迪·艾伦："永远活在人们心中是你的梦想吗？"回答："我更愿意永远活在我的家里。"

3.父：皮埃罗，今天不要去上课了，昨天晚上，妈妈给你生了两个小弟弟，明天，你给老师解释一下就是了。

儿子：爸爸，明天我只说生了一个；另一个，我想留着下星期不想上课时再说。

4.一个主妇指着柜台上出售的青春护肤膏问："老板，这玩意儿到底有啥用？""有啥用？"老板理直气壮地叫来一位年轻女售货员，"妈，让这位太太瞧瞧您的皮肤！"

5.南因先生家里来了一位客人，要向他请教学问，可是客人没有听他的话，自己却滔滔不绝地大谈起来。过了一会儿，南因端来了茶，他把客人的杯子倒满以后仍在继续倒。客人终于忍不住了："你没看见杯子已经满了吗？"他说："再也倒不进去啦！"

"这倒是真的。"南因终于住了手，"和这个杯子一样，你自己已经装满了自己的想法。要是你不给我一只空杯子，我怎么给你讲呢？"

以上1、2两例，都是当别人提出一个颇为严肃而重大的问题时，以轻松巧妙的介绍躲闪了过去，而又不显得失礼，并颇有深意。这是西方人日常生活特别是社交活动中最常见的也往往最调剂气氛和引出兴味的语言幽默。林语堂在晚年的《八十自述》中记述说："有一次，我在台北参加某学院的毕业典礼，很多人发表长篇大话，轮到我讲话，已经十一点半了。我站起来说：'演说要像迷你裙，愈短愈好。'话一出口，听众鸦雀无声，然后爆发出哄堂大笑。报章纷纷引用，变成我灵机一动所说的最佳幽默之一。"出生于爱尔兰的英国著名剧作家也是幽默大师萧伯纳（1856—1950）1931年访问中国时，林语堂为他做翻译。萧伯纳是在一个晴朗的冬日到达上海的，欢迎者中有人对他说："萧先生，你福气真大，能看见太阳在上海欢迎你。"萧伯纳答道："不，我想是太阳有福气，能在上海看见萧伯纳。"林语堂认为这是萧伯纳幽默水平的一大展现。像法国文学家大仲马（1802—1870）、小仲马（1824—1895），美国小说家马克·吐温（1835—1910）、欧·亨利（1862—1910）等，都有一连串这类幽默应对的逸闻趣事。

3、4两例则是体现在文字上的供人阅读引人一笑的幽默。据说英国伦敦有家店铺门上挂着个牌子："我要你的脑袋！"乍一看吓一大跳，再细看，原来有红蓝相间的斜条纹旋转柱，却是一间理发馆。那幽默便不是"说"出来而是"写"出来供人发噱的。

第5例则属于行为幽默。在英国电影演员卓别林（1889—1977）主演的美国好莱坞一系列以"流浪汉"为主角的无声影片中，这种行为幽默被发挥到了极致。

幽默是个好东西。当然，没有它，地球照样转，人们照样过。

政治家的政治事业之成败，绝不取决于他是否有幽默感。但有幽默感的政治家，也许自信心就比较强，应付复杂局面的招数就比较多，在公开的政治活动中，在民众心目中，形象也就比较易于被接受，甚至魅力大增，因而幽默便成了推进他政治事业的一种助力。作为一位伟大的政治家，毛泽东便具有相当的幽默感，这体现在他那四卷选集中，尤其是解放战争期间的几篇文章，例如《别了，司徒雷登》，单从行文之幽默也可称佳作。

搞经济的，银行家、企业家、商人以及各种公务人员，还有科学家、工程技术人员，也许从事业角度最无须幽默，然而表现幽默和感受幽默，对他们缓解精神，松弛心弦，调剂人际关系，润滑利害间的搏击，总也还有些好处。

至于活跃在大众传播媒介中的种种人物，如作家、新闻记者、艺术家，尤其是演艺人员，幽默就不是可有可无之物了。有的行当，如曲艺中的相声，话剧中的小品，戏曲中的丑角，乃至魔术表演，那简直就全靠幽默立足。社会中的一般人，有的原本就很幽默，有的本来不那么幽默，借助于"传媒"，从某艺术家那比较精致的幽默中获得一些启迪，或更能幽默，或有意无意地模仿着在自己的生活中增添些幽默，则都能大大地使心灵轻松，获得一种特殊的愉悦与慰藉。

对上司的幽默："当您想要辞退我的时候，请务必先跟我请示！"

对下属的幽默："您要再迟到的话，我们只好给您一笔小小的奖金了——不过请把您下一个工作单位的地址告诉我，以免奖金汇错了地方。"

对丈夫的幽默："你跟姚太太以后再在街头相遇的时候，不妨再没完没了地回忆你们的中学生活——只是希望先教会我更多的体操动作，因为我跟姚先生除了耸肩、摊手、摇头、吐气四个动作外，再想不出别的动作来。"

对妻子的幽默："都说骆驼穿不过针眼，但我的两眼都是针鼻，你的身材永远能畅通无阻地穿过！"

儿子对父母的幽默："爸爸，妈妈：想念你们！你们很不容易，当然不必给我汇款！我现在用最后一张信纸、最后一个信封和最后一张邮票给你们写信，就是为了告诉你们：我自己会有办法的！附言，我的门牌号是105不是108，切记！"

女儿对父母的幽默："爸爸，妈妈，这个星期日我不回家了——真的什么事也没有发生！电话里讲不清……简而言之，我不过是想对你们25年前的状况，做些模拟试验，搞点学术研究罢了！"

作者对编辑的幽默："鉴于批评家们对颂赞好作品已经厌倦，所以寄上拙作，将使批评家们为其拙劣却又可大发议论而欢欣鼓舞——贵刊将因此广为人知，先此致歉；并对贵刊可能预付稿酬一事，竭诚致谢！"

编辑对作者的幽默："大作拜读，诚系佳构，但'还君明珠双泪垂，恨不相逢未嫁时'——相似之作，本刊近期已发，实不敢做第三者插足事，以免法律纠纷也。完璧奉还，各系情心！"

老师对学生的幽默："你答不出这个问题是必然的。我只不过偶然点到了你的名字。希望下一次我必然点到你的名字，而你偶然地做出正确的回答。"

学生对老师的幽默："老师，今天您提出的这个问题对我不合适，就像您今天穿的外套对您不合适一样……怎样才合适？那要我自己挑才行，您在服装店难道不也是自己挑吗？您今天的外套大概不是您自己挑的，所以……让我挑一个合适的问题来答吧！"

以上的幽默都是我临时虚拟的。实际上我个人在生活中和社交活动中都很少像上面那样地幽默，也很少接受别人那一类的幽默。

妨碍中国人彼此幽默的因素，我想有：

传统"礼教"的影响。连《诗经》中都唱道："人而无礼，胡不遄死？"所谓"夫礼，禁乱之所由生，犹防止水之所自来也"。幽默则一定要如"自来水"般一时的灵感兴致，属"乱来"行为，当然不能畅行。人自处时尚且以"眼观鼻，鼻观心"为正，互处时当然更要"以礼相待"，哪容"非礼"行径。

心理结构的特点。中国人好面子，因此最怕"丢面子"，尤其怕因别人生出"误会"而"丢面子"，所以同别人接触时总愿把话说清楚，因此正话正说，反话反说，这样可以不生误会，保住"面子"。幽默的语气特点却是正话反说和反话正说，最易招致误会，误会中或伤别人"面子"，或自己显得无礼和唐突而"丢面子"，后果都不好，因此最好少幽默和不幽默。

近代史以来的群体处境。自鸦片战争以来，便一直有"中华民族到了最危险的时刻"的群体感觉，所以从20世纪初始，中国知识分子就有的呼吁救亡，有的主张启蒙，有的则认为既要救亡又要启蒙，而无论救亡还是启蒙，都沉重而严肃，实在容不得幽默插足。

中西文化大撞击中的抉择难度。近百年以来，西方文化先是伴随着宗教渗入，后来更成为经济侵略和政治、军事侵略的先导或"随员"，对中国人的心灵撞击猛烈而痛楚；20世纪中叶中国人终于站起来了，排除了西方对中国政治、军事与经济的宰制；20世纪80年代后更主动采取了改革开放的政策，使中西文化的大撞击更正面也更广泛，在这大撞击中，中国人有了更主动也更宽阔的抉择余地，并且可在平等、互利的前提下进行抉择，然而这也就派生出了抉择的难度——面对的方面太多，涌来得太急，考察不可能太细，把握不可能太准，而自发的模仿、照搬、流行又起得很猛，很难控制和驾驭、劝导与排疏。因此，面对着萧伯纳式的"太阳有福气在上海看见我"一类的西方幽默，我们就不一定心里好受，不一定愿意借鉴，不一定乐于"以牙还牙"地也"幽默"一下；像西方现代派文学中的"黑色幽默"，自有人介绍到中国以后，模仿者竞起，而许多人就觉得此乃"不良倾向"，应加以排拒——究竟是借鉴吸收好还是批判排斥好，对更多的人来说便构成了一个两难的问题。

文化水平的限制。幽默的能力很大程度上来源于知识的丰富、联想的快速、使用语词的技巧，而这些都需要较高程度的文化修养。在中国农村你可以遇上语言做派颇为幽默的老农，但你细加考察，便会发现，即便他是一位文盲，但总也是当地见多识广、思路敏捷的人物——他总比其他当地人去过更多的地方，有更多的耳闻目睹，听到过更多样的语言表述方式，"读"过更多姿多彩的生活画卷与人生百相，所以他能幽默。但总体而言，中国人的平均文化水平还不够高，因此幽默也就相对难以流行。

有人说"幽默是盲人吃撑了肚皮打出的饱嗝"，其实不然。贫窘处境中的人，乃至危难中的人，往往也具有幽默感，且幽默的水准相当之高。幽默能力之高低，与人的物质生活丰裕与匮乏程度无关，但与人心灵的丰裕与匮乏却成正比例。幽默是心灵富有者的特产。

据说一位无辜被捕者戴上手铐时问："这镯子是18K还是24K的？"

又据说一位无辜被枪杀者生前最后一刻向刽子手说："等一等，我还有一泡尿没撒！"

幽默有时候成为灵魂飞升的翅膀。

幽默都是软的，硬幽默不成其为幽默。

"幽他一个默。"生活中偶尔有人这样提议。语法上似乎是说得通的，但幽默不应为响应提议而产生。幽默应是自然而然生出的，灵感似的，即兴的。

幽默不应重复。

幽默最尊崇独创。

抛出的幽默如果没有丝毫效应，则说明对方完全不能体察幽默。这时应不必再幽默，幽默不应浪费。

抛出的幽默如果使对方感觉到你在幽默而他觉得你幽默得不够味儿，一般他必回敬你一个幽默，倘也不太成功，一般你会再补他一个幽默，直至双方的幽默势均力敌——幽默如水，有流平为止的倾向。

幽默多一分便成为油滑。

幽默少一分则成为做作。

幽默≠玩笑。

幽默多少有些深度，可资回味。玩笑只不过博人一笑而已，笑过就随风而散。

幽默≠诙谐。

幽默往往不仅体现于语言，也溶解在表情、手势、身姿和风度里，而诙谐一般只是一串逗趣的语言。

就引出的笑声而言，强度上一般是幽默<玩笑而>诙谐。

玩笑搞不好会伤人。

幽默即使不成功也不会伤人。

诙谐搞不好会流于庸俗。

幽默即使不成功也不同于庸俗。

幽默是高雅的一个分支。

幽默会使人发笑。但哄堂以及捧腹、喷饭一类效果不一定标志着最佳的幽默。

最佳的幽默引出的笑有两种：

一种是会心地抿嘴而笑，

一种是含泪的微笑。

预先构思好的幽默往往显得笨拙。

灵机一动的幽默往往更加精妙。

就个人而言，幽默的能力与性格、气质相关。像我，性格比较内向，气质比较拘谨，就不擅主动幽默。

但接受别人幽默的能力，似与性格、气质无关。像我，虽有上述的性格、气质，但当别人对我幽默时，我却能达到愉快的体察，并能情不自禁地做出迅速的回馈。

在两个以上的人相处时，幽默常常是提供给第三者欣赏的。

从旁欣赏别人之间的幽默，是人生一大乐事。

自嘲不一定都是幽默。

但幽默的自嘲必是最出色的自嘲。

幽默的自嘲仿佛灵魂的热水浴。

幽默是更高层次上的理解。

幽默是更高层次上的宽容。

在群体大悲怆时，幽默是不受欢迎的客人。

在个体大悲恸时，幽默更应退避三舍。

幽默是一种高级冷静。

幽默有时又是一种可贵的同情。

"为幽默而幽默"往往并不幽默。

幽默是对突临境遇的一种超越术。突临境遇并不单指灾变，像爆发的好事，也是一种突临境遇。1990年诺贝尔文学奖颁给了墨西哥诗人奥克塔维奥·帕斯，当记者问他将怎样花掉这笔奖金时，他说："在西方社会，作家都是瘪三。我不知道怎样花这笔钱，也许买一幅画吧。但是如果画太贵的话，那就买半幅怎么样？"对于一个普通知识分子而言，高达二三十万美元的诺贝尔文学奖奖金是一笔巨大的财富，但相对于商业巨子而言，那只不过是金钱交往中的一个小零头，他们抛出几百万美元买一幅画是寻常的事。帕斯深知自己突得殊荣和奖金在世上远非登峰造极的境遇，所以自嘲，所以幽默，体现出一种明智的超越，而不是"烧包"，不是忘乎所以，不是"露小"而徒供人从旁窃笑。

幽默是一种自知。
幽默也是一种知人。

幽默是什么和幽默不是什么说了许多，究竟还是不能严格地界定出幽默概念的内涵和外延。

有人查了各种外文辞典，发现英语humour源于法语，而根又植于拉丁文，原意是"体内汁液"的意思；德语辞典中的解释最详。但各种辞典的解释不仅不能划一，有时还相当艰涩难懂，还竟至相互抵牾，使人莫衷一是。在《大不列颠百科全书》中，查汉字"幽"打头的词语，并无"幽默"的词条，只有"幽默曲"这一音乐术语，从附录中查humour，再查回去，则只有"体液"的解释，竟丝毫不提有"幽默"的含意。

林语堂本人对中文"幽默"一词的解释也前后并不一致，有时把意思说得极大，有时又说得较小，不过，他有一次说幽默是"处俏皮与正经之间"，倒很传"幽默"之"神"。

幽默虽常常依仗语言和文字传达表现，但幽默的定义却似乎又只能意会足而不能言传尽。

幽默只能算是作料。

生活中有幽默，生活更有味。

但生活本身不能由幽默构成，就像一盘作料不能构成一道菜。

幽默不能当饭吃。

有人很能幽默。无处不幽默，无事不幽默，面对任何人都无不幽默，将一切都化为幽默。

幽默到这种程度，我以为便不可取。

一天到晚满嘴幽默的人，往往是述而不作之人。

将一切都化为幽默的人，往往是没有终极追求之人。

幽默不可强加于人。

幽默亦不可强求强取。

我那篇题为《缺货》的小说，买牙刷的那位顾客似乎就有点强求强取。女售货员表情冷淡、态度生硬，服务态度不佳，他不是正面提意见，不是抨击争吵，而是极为谦恭地表示："我为了买一把牙刷，惹得您这么不高兴，我犯错误了，我得向您道歉……"他祈盼着对方或莞尔一笑："恕你无罪！你接着犯错误吧——买几把牙刷？"或露齿微嗔："瞧你！干吗这样？你是我们的上帝呀……"但都不是，那女售货员竟一扭身，躲进货柜后面的休息间去了。他满楼寻找那企盼中的东西，竟渴望而不能得。

他感到深深的寂寞。

但他的遭际实在也算不得什么大事，一桩平淡无奇的小而又小的事。

最后他走在街头，像顽童弹玻璃球般地弹了一下自己的鼻子，笑出了声来。

总算他自己还有……

"两岸猿声啼不住，轻舟已过万重山。"

两岸无猿啼，或啼声时断时续，或前半截啼后半截住，轻舟也都会过万重山。

轻舟如生命，万重山如世事，猿啼便如幽默。

"两岸猿声啼不住"的人生，自然是兴味盎然的人生。

两岸无猿啼，或时断时续，或前有后无，亦是人生，也未必就枯燥萧索，因为还有满目青翠，还有江浪滔滔，还有碧空远影，还有阳光月色，少去猿啼固然遗憾，但也不是什么重大的损失。

总说幽默可有可无。然而还是有好。

幽默是一种天籁。

世界原本很单纯。人类把它搞复杂了。

儿童原本很单纯。岁月把人搞复杂了。

幽默往往能使人从复杂中跳出，回归单纯。尽管可能只是一瞬间，却足可珍爱。

幽默常表现为童真。

在写出来供人欣赏的幽默中，儿童往往担任主角，他们那些并非刻意幽默的"童言"，常如潺潺溪水，流过成人读者的心头，产生一种清凉甘爽的效应。

辛弃疾（1140—1207）的《丑奴儿》词：

少年不识愁滋味，爱上层楼。爱上层楼，为赋新词强说愁。

而今识尽愁滋味，欲说还休。欲说还休，却道天凉好个秋。

有一种解释，说之所以"欲说还休"，是因为"恐言未脱口而祸不旋踵"；"却道天凉好个秋"是古诗词中难得一现的幽默。

倘"欲说还休"而果然"休也"，那是悲凉。倘"欲说还休"而竟大爆发为"可怜报国无路，空白一分头"，那是怨愤。倘"欲说还休"而化解作"满城春色宫墙柳"，那是粉饰。

"欲说还休，却道天凉好个秋。""好个秋"，一笑，确系幽默。

公共汽车上，照例满载着乘客，总是遇到什么紧急情况，车子猛然刹住了，站着的乘客不免都往前倾倒，一位男乘客虽揪着把手依然不能抑制身躯，撞到了一位女士身上，该女士不禁愤怒地来了声："德性！"

"德性"是北京人骂人话中比较文明的一种，但倘男士被女士骂为"德性"，在旁人听来则总有些"那个"。"德性"两个字的原意是"有道德"。"瞧你那臭德性！"自然是正面地骂，简缩为"瞧你那德性！"变为了反骂，再简缩为"德性！"便成了饱含鄙夷与批判的浓缩之骂。

　　那被骂的男士在一声响亮的"德性！"之后，做出这样的反应："对不起，小姐，不是德性，是惯性！"

　　话音落后，车厢里听到这话的人们一大半都笑了。那女士笑没笑无从考察，但她也便不再吱声。

　　男士的话，十分幽默。一句幽默的话，顿时化干戈为玉帛。本来，旁边的一些人预料一场司空见惯的车厢争吵必定爆发："谁德性，你才德性呢！""咦！你撞了人你还有理了！""怕撞，你坐小轿车去！"……谁知男士一句话便"和平解决"，大家回过味来，也不禁化观战的心理为隽语的回味。

　　幽默有传染性。

　　别人传染给你。

　　你传染给别人。

　　大家交叉传染。

　　也许，日后的中国，幽默会像感冒一样，时不时地流行起来。

　　没有医生、护士的事儿。

　　因为，幽默是一种健康。

"灵魂只想听灵魂所需要的东西"

1

　　曾在巴黎街头花摊，想买一束鲜花，好在拜访荷兰电影大师伊文斯时，作为见面礼。一眼看见了大瓷瓶中的郁金香，郁金香的故乡正是荷兰，持赠伊文斯最恰当不过。然而俯身细看花价，便不禁顿感囊中羞涩——特别是那蓝色的郁金香，可购一束石竹花或鸢尾花的法郎，仅能换它一支。稍有犹豫之后，我还是把全部购花预算落实在了一朵蓝得明目爽心的郁金香上……

　　伊文斯一生主要从事纪录影片的创作，他的早期作品如《雨》《桥》等，都属于先锋派的结构，他创作出了一种纯粹的镜头语言，对于那一时期的电影发展起了开拓性的作用，并长久地影响着后来世界电影的发展。看起来，伊文斯当时是个刻意于形式创新的先锋派艺术家，似乎属"为艺术而艺术"的一流。实际上，正是那种刻意求形式之新的锐进精神，使他和许多同类艺术家一样，与当时西方的主流文化发生激烈冲突，这就导致了他们政治上的倾向，这种倾向的政治激情又大大促进了他们的艺术创新，从而构成他们波澜壮阔的一生。

伊文斯在20世纪30年代与海明威、白求恩等人一样，亲赴西班牙参加共和军与佛朗哥独裁政权做殊死斗争；40年代更积极投身于世界反法西斯斗争，伊文斯同白求恩都到达中国，同中国共产党站在一边，伊文斯用他的摄影机，白求恩用他的手术刀，谱写出了动人的国际主义篇章；50年代后，伊文斯投身于当时兴旺发达的社会主义阵营，拍摄了大量左翼影片，力图将社会主义阵营和国际共产主义运动的真相展现给西方观众；60年代后，他力图拍摄出既保持他个人风格又梳理出事件逻辑的新作；80年代后，他以老弱之身，仍多次到中国访问，并一直筹划着新的片子……尽管伊文斯如此"左倾"和对华友好，在西方即使政治上最"右倾"的人士眼中，他仍是一代电影大师，他在纪录片中的先锋派艺术风格，仍被不管是哪一种政治倾向的艺术家们所尊崇；而尽管伊文斯的艺术主张实质上与我们所尊崇、奉行的艺术理论有着明显的差异，我们仍不得不承认他不仅是我们至死不渝的国际佳友，也是启迪我们中国当代艺术发展的一块美玉。

"他山之石，可以攻玉。"何况"他山之玉"，当更可助我们碾璧琢珮。

那回在伊文斯巴黎寓所，得到他和夫人罗丽丹的热情款待后，没多久伊文斯竟然谢世。那朵蓝色的郁金香，却似乎并没有凋谢，仍艳丽地绽放于我的心中。

我愿自己以开放的胸怀，从20世纪以来的西方哲人、学者、作家和艺术家的石、玉之中，获得蓝色郁金香般的触动与启迪。

2

赫伯特·马尔库塞（Herbert Marcuse，1898—1979）是犹太裔的德国人，20世纪30年代成为所谓"新马克思主义"的重要流派——"法兰克福学派"的代表人物之一。他于1960年出版《单面人：先进工业社会意识形态的研究》一书，在这本书里，他认为："在当代，科技的控制和操纵，仿佛正是理性的具体显现，对所有的社会群体及利益都有利——这种情形如此之甚，凡相违则显得无理性，而一切反抗皆不可能。"因而，"一种舒适的、平顺的、合理的不自由，弥漫在先进工业社会中。这正是科技进步的一个表征"。他认为这种情况使人们都变成了"单面人"，即眼中只有现存世界的人，心中只充斥着"满足意识"，他希望人们能从这种状态中突破出来，形成"忧患意识"，从而成为"双面人"。

当我们面对着西方先进的科学技术，而且不得不为自身的发展加以引进和运用时，我们可曾有过必要的形而上思考？不管马尔库塞的观点有多少我们不能苟同之处，他那关于警惕成为"单面人"的呼号，那针对当代西方工业社会所发生的树立"忧患意识"的忠告，当能促使我们做出必要的思考。

3

1975年起流亡西方的捷克作家米兰·昆德拉（Milan Kundera）说："人不能没有感情。但当感情本身变成了某种价值、衡量是非的标准，或是开释某些行为的借口时，就非常危险。"又说："情感超越了理性时，理解和宽容都失却意义。"

我们可以不喜欢他的诸如《为了告别的聚会》《生命中不能承受之轻》等成本的书，然而不可忽略他的存在，我们也不能只记住他说过"人们一思索，上帝就发笑"那样的名句，对上述两段话，我们亦可加以玩味。

"人不能没有感情"，"不能"两个字是关键。不能"没有"，而又不能让这个"有"变成任意驰骋的野马，这就必须学会驾驭。

人不能没有感情，人必须能够控制感情。"道是无情却有情"，当是最高境界。

4

美国"意象派"诗人庞德（Ezra Pound, 1885—1972）在第二次世界大战中堕落为法西斯主义的宣传员，战后被判处徒刑，1958年获准侨居意大利。他曾说过这样的话："显然，如果我们真的要认识任何事物，我们就必须先准确地知道大量相关的细节。"

庞德政治上的堕落，是否是因为只重"大量相关的细节"而忽视了把握事物的本质，当可研究。倘若一个人总是从抽象的概念出发，或总是"远远一望"便"计上心头"，那他们倒不如听听庞德的建议。倘若一个人只是看重浮面的细节而忽视透视事物的内里，从而不能把握事物的本质，那么，他越是"知道大量相关的细节"，哪怕知道得很"准确"，终究也还是可能栽跟斗。

5

英国大雕塑家亨利·摩尔（Henry Moore，1898—1986）的雕塑作品，近年来多次被我国文艺性刊物介绍，他的艺术风格对我国年轻一代雕塑家的影响，已远远超过较为古典的法国雕塑家罗丹（Auguste Rodin， 1840—1917）。亨利·摩尔并非纯粹的抽象派造型艺术家，他曾说："纯粹抽象的雕塑应该是透过像建筑之类的其他艺术来表达较为适当。"他说，他最欣赏那样的雕塑："传译到石头上的，就我所知，完全是人物，而加诸其上的，是最令人兴奋的概念——人性。"他又说："一件雕塑必须具有其自身的生命……要令人感觉到他所看见的，是含容着有机的、向外扩张的能量……无论雕或塑，都应给人一股由内而外的力量和不断成长的感受。"

摩尔的这些话，当可成为我们欣赏一大批他那样的艺术家的创作的钥匙。同时，也可使我们不难悟出，为什么时下国内若干模仿西方现代艺术的创作，会那么样地令我们失望——因为它们实在不能"给人一股由内而外的力量和不断成长的感受"。

得摩尔皮毛似易，得摩尔精髓实难！

6

有位叫保尔·费若本（Paul Feyerabend）的当代美国学者，著有《反方法》等书，宣扬一切想法都可试试看、做做看，对科学理性权威提出尖锐挑战，因此被英美科学界称为"知识论的无政府主义者"。有一位学者因而向他挑战说："若一切都可以试，一切理性都可怀疑，为什么你费若本不从50层楼的高窗跳下去？"费若本则答辩道："虽然我知道'从高楼跳下会死'的说法可能是'谣言'，但我登到50层楼走到高窗前时会有'害怕'的心理，这'害怕'的心理将阻止我往下面跳。这'害怕'或许是训练而成的，或许是与生俱来的，但绝对不是源于什么科学哲学的理论认识。"

这位反理性主义者实在"害怕"得有趣。不过，倘若他遇到另外的情况时并不"害怕"甚至"不但不怕，而且勇气百倍"，那么，我们可真得"害怕"了。

尊重理性，尊重科学，尊重前人的知识积累、文明建设，尊重优秀的传统和杰出的创新，不仅必要，而且应作为我们生存和发展的前提。当然，在整体尊重的前提下，对局部提出怀疑，以期校正，使整体更加值得尊重，也是必要的。也许，在人类文明的发展进程中，理性和科学会经历一个全然更新的坎儿，那时或许会出现思想和科学上的革命，"怀疑一切"的口号在那个坎儿上也许不仅会激动千万人的心，并会开出灿烂的思想和科学新花，但那也并不应导致理性与科学的虚无。从50层楼窗中跳下地去会把人摔死，永远不会是一个"谣言"。

7

　　德国一位存在主义哲学家伽达玛（H.G.Gadamer）有过这样的论述："对于我们说来，理性只能是具体的，历史的，就是说它并不是自己的主人，却总依赖于一定的条件，总在这样的条件下活动。"又说："其实不是历史属于我们，而是我们属于历史。早在以反思的方式理解自己之前，我们已经以自然而然的方式，在我们所生存的家庭、社会和国家这样的环境里理解自己。"还说："事实上，传统里总是有自由的因素，有历史本身的因素。甚至得以存在的最纯粹稳固的传统，也不是靠曾经有过的东西的惯性力量便能自然如此，却需要不断确认、掌握和培养。它在本质上是保存，是在一切历史变迁中都很活跃的那种保存。然而保存正是一种理性的行动，尽管是以不声不响为其特色的行动。"

　　当今的中国知识分子，对丹麦的克尔恺廓尔（Søeren Kierkegaard，1813—1855）、德国的雅斯贝斯（Karl Jaspers，1883—1969）和海德格尔（Martin Heidegger，1889—1976）等存在主义哲学家注意较多，而对伽达玛这样较新近的注意得还很不够。存在主义哲学是一个很庞杂的哲学体系，像法国作家加缪（Albert Camus，1913—1960）和萨特（Jean-Paul Sartre，1905—1980）的"存在主义"，就离上述几位的观点更远，表达得也往往更迷离扑朔和自相矛盾。

　　这位伽达玛关于理性、历史和传统的上述思考，却不乏启人深思之处。特别是他指出传统需要"不断确认、掌握和培养"，是一种"很活跃"的"保存",这对以虚无的态度对待传统者,固然是一种明智的提醒,对以凝固僵化的态度对待传统者,也不啻一帖清凉剂。

传统不是趴伏的石狮,传统是迈腿前行的大象。

8

1971年获得诺贝尔文学奖的智利诗人聂鲁达(Pablo Neruda,1904—1973),曾就"读得懂"与"读不懂"的问题,有如下妙语:"一个诗人,如果不是现实主义者,便无足观。可是,一个诗人如果仅仅是个现实主义者,也无足观。如果诗人是个完全的非理性主义者,诗作只有他自己和爱人读得懂,那是相当可悲的。如果诗人仅仅是个理性主义者,就连驴子也懂得他的诗歌,这就更可悲了。"

在中国文学界人士眼中,聂鲁达确实既非现实主义也非完全的非理性主义。聂鲁达的诗我国翻译过不少,"读得懂"的人颇多,相信也有不少人会觉得"读不懂"。"读得懂"的当然并非他的爱人,更非"驴","读不懂"的则多半是不能进入他所运用的符号系统。

据说世界上第一部使用特写镜头的电影放映时,当银幕上呈现出一个"被斩掉了的大头"朝着观众微笑,有的观众被吓得尖叫起来,有患心脏病和神经衰弱的观众当场晕倒,这就是因为那第一批观众还不能进入电影艺术家所使用的新的符号系统——在那新的符号系统中，当人物的面部特写出现时，是假定他头部以下的身躯和四肢都仍存在于银幕画面之外的；当观众熟悉了那新的一套符号系统之后，再看电影，倘若银幕上总是全身毕现的大全景，又该不满足了，甚至有时观众会尖声喝起倒彩来。

艺术家要适应观众的欣赏习惯，也要培养观众新的欣赏角度和新的艺术趣味；艺术家要善于驾驭运用已经成熟的符号系统，又要不断创造新的符号系统，并将观众诱进那新系统中去获得新的乐趣。

9

奥地利作家茨威格（Stefan Zweig，1881—1942）的小说深受中国当代读者欢迎，不少中国当代作家的创作也很受他那《象棋的故事》《一个陌生女人的来信》《一个女人一生中的二十四小时》等中篇小说的影响，他1942年因不能忍受希特勒纳粹主义的横行，与妻子双双自尽。著名的德国作家托马斯·曼（Thomas Mann，1875—1955）当时流亡美国，竟未著文致悼，茨威格的前妻甚为不满，后来托马斯·曼写信给她，解释说：死是容易的，茨威格因绝望而自尽，成全了他自己，却不为天下同道者设想；如此英才而率然自了，何异于自承破产，徒供希特勒及其党徒窃笑又去掉了一个大敌而已！茨威格不应"个人主义到不在乎这一点"！所以，他虽然为好友的死去而悲痛，却万不能赞同好友的昧于大义！

托马斯·曼在茨威格自杀一事中所体现出的人格高标，令人凛然起敬。托马斯·曼的顽强图存，不是为了苟延生命，而是为了坚持用自己的笔，为人类写出新的闪烁着理性与人性光辉的篇章。他的哥哥亨利希·曼（Heinrich Mann，1871—1950）亦为一代文豪，纳粹兴起后亦流亡国外，1933年托马斯读到亨利希一篇新作，兴奋地写信给哥哥说："世人必定会奇怪我们这卑污的时代竟能产生这等作品——他们必定也会明白，这一切愚蠢行径和罪恶毕竟不是最重要的，人性的精神根本上不屈不挠，仍勇往直前，创作不辍。"

在恶的膨胀面前像花一样地凋零，莫若在恶的膨胀面前仍倔强地结出果来！

10

20世纪以来，西方主要文学批评理论中，形式主义批评、"新批评"、结构主义批评、解构主义批评，都认为"作者该死，作者死去，作品才会出世，读者才会出头"。例如结构主义大将法国的罗兰·巴特（Roland Barthes）就宣称："是语言，不是作者在说话。"后结构主义的健将、法国哲学家雅克·德里达（Jacques Derrida）则更明快地说："正文之外别无其他。"但作品的正文的含义往往并不那么确定（特别是诗），那么，读者既不去了解作者也不去了解作品产生的背景，岂不会陷入迷宫？美国解构主义批评家米勒（J. Hills Miller）对此则振振有词地说："唯有循着一条特定的线索，一路走进迷宫，批评家才能抵达死胡同……诠释之终点的绝境。"他们的乐趣，竟全在钻语言的"死胡同"上！

我们所熟悉的传统文学批评方法，有时确也失之于过多地纠缠在作者身世、思想和作品产生的时代背景一类"作品之外"的因素上，对作品的"文本"，往往缺乏细致深入的研究分析，上述"文本主义"的批评主张，对我们提升文学批评的素质，当有一定的借鉴意义。但，20世纪90年代以来国内有些批评家似过分崇慕上述西方新派文学批评理论，把他们针对西方拼音文字作品的文本分析，照搬于我们方块字作品，结果时常给人一种"画虎不成反类犬"的感觉。国内更有一些作者，为适应上述"文本主义"批评方法的需求，在创作时更竭力使作品"只有文字而无其他"，这恐怕就连罗兰巴特他们都会感到惊讶莫名了，因为他们尽管主张"作者该死"，却仍乐于面对活人创作的活作品，他们只不过是表示他们在面对作品时，不计作者本身的因素，而乐于就"正文"搞烦琐分析或解构罢了。

且不管批评家怎么搞他们的文学批评吧！我们作为作者，不该死，不能死，更不能自己把自己变成一具徒供人解剖的僵尸！

11

弗雷德里克·詹姆森（Frednic Jameson）是美国新起的"后现代主义"鼓吹者，他前些年曾到北京大学讲学，似未引起中国学术界的足够注意，但他的理论在西方一些大学中极为走红，一些年轻学人大有"开口不谈詹姆森，到底还是学问浅"的架势。詹姆森著述颇丰，比较有代表性的是1984年在《新左派评论》上发表的《后现代主义，或是后资本主义的文化逻辑》，宣称当今的世界已出现一种新型的社会主义逻辑，概言之有四个特点：一、一种"无深层感"的形成。例如随着视听文化尤其电视的泛滥，使得人们对事物的认识，完全依赖具象式的逻辑，映像逐渐取代了事物本身，成为一真实的事件；换言之，所谓真实的事物都已呈现在没有深度的表面上。二、"历史感"的淡弱。真实的历史无法重现，电视中的历史连续剧替代了真实的历史，而这些历史连续剧其实又是混杂了各个历史时期乃至掺入了现、当代因素的一种非原历史面貌的混合物，所以说人们的"历史感"已大大淡弱。三、新兴的情绪结构的出现。例如西方的荒诞派戏剧、愈演愈奇的抽象造型艺术、断裂解体的新诗作等等。四、与前三者不可分离的是新科技的发展。

詹姆森认为"后现代主义文化"是"后资本主义经济"体系下的产物，即多国公司式资本主义这一基础上的上层建筑，要化解多国公司式资本主义对文化的宰制，他提出了一些诸如"同种治疗法"等相当玄奥的突破策略。

詹姆森的理论对西方现存的体制和文化表现出一种严格批判的态度，因此理所当然地被认为是个左派学者。但詹姆森企图将他的理论覆盖于全球，包括中国，他在一篇《文学革新与生产形式》的文章中，断言已故的老舍是现实主义的代表，而一位当代大陆小说家则是现代主义的代表，另一位当代台湾小说家则是后现代主义的代表，这显然都是他过于自信和并不了解中国所致。他的理论还将如何深化、发展与变化，我们应当密切关注。

一位为詹姆森所尊敬的学者布西亚（Baudrillard）曾这样形容当代世界的状态："真实不再有时间去呈现自己的外貌。"那也许更明快地为"后现代主义文化"做了一个注脚。

迅即变化着的事实，需要我们当代人更敏锐更果敢地去把握！

12

法国作家安德烈·马尔罗（André Malraux，1901—1976）的《人类命运》是一本以中国1925年大革命为背景的长篇小说，他因此小说赢得了1933年的龚古尔文学奖，后来又被搬上银幕。但多年来这本小说并不为中国人所看重，我想这大概是因为马尔罗这本小说题材虽是中国，思想却全然是西方，特别是具有他个人色彩的，因而反与一般中国人隔膜。

马尔罗应归入现实主义作家的范畴。《人类命运》并非向壁虚构，或像卡夫卡（Franz Kafka，1883—1924）写《万里长城建造时》，只不过用"万里长城"这一中国事物构成一象征罢了，马尔罗20世纪20年代不仅来过中国，并亲自投入过以广州为中心的大革命浪潮。马尔罗的文学观体现在他如下的话语里："所有的杰作都是世界的净化。带给人们的共同启示，就是它们存在的意义；每位艺术家克服奴性的成就，无可限量地与艺术战胜人类命运的成就合而为一。艺术是反命运。"也就是说，他认为艺术家的创作，乃是与人类和个人本身那难以把握的命运抗争的产物。马尔罗一生波澜壮阔，目睹了白云苍狗般的人世变迁，有着曾经沧海般的人生体验，他常常感到世象和人生的荒谬，但他说："人活着可以同时接受荒谬，却不能活在荒谬里。"与加缪、萨特等存在主义作家不一样，他总是力图从荒谬中挣扎出来，以求心灵的净化。他的这一努力曾遭到某些批评家的讥评，认为他的失误即在于"人性，太过人性"。

马尔罗一生对中国和中国人民怀着深厚的友好感情。他对"人类命运"的孜孜探求所获得的感受也许并不能为我们充分理解，更不能为我们整体接受，但他那种与命运抗争的精神，那种决意冲出"荒谬"的斗志，应如雄狮抖鬃般地给予我们一种激励。

个人的命运毕竟与人类的命运相连。净化人类的心灵，要从净化我们自己的心灵开始！消除人类中的荒谬状态，也要先使我们自己从荒谬中冲决出去！

13

毕加索（Pablo Picasso，1881—1973）自然是中国画界和美术爱好者所熟悉的，一般人印象中，他是个"为艺术而艺术"的纯艺术家，他的许多脱离具相的画幅，常令人惊喜不已，却又莫名其妙。但毕加索却说过这样的话："你认为艺术家是什么呢？是一个笨蛋吗？如果画家就只有一双眼睛；如果音乐家就只有两只耳朵；如果诗人就只在心里有一张竖琴……不，画不是为了装饰房子而画，可以是攻击和抵御敌人的武器！"他不仅这样说，也这样去做。1937年4月26日，德国飞机轰炸了西班牙古城格尔尼卡，1654人罹难，890人受伤，全城几乎被夷为平地。毕加索对法西斯主义的肆虐心血沸腾，夜不能寐，经过反复构思，画成了至今全世界惊叹的《格尔尼卡》一画，并在当年的一次公开发言中说："我想提醒诸位：我一直相信，也继续相信，艺术家是为了精神价值而生活而工作的，因而，就不能也不应对这场涉及人道及文明最高价值的冲突视若无睹！"

当然，检视毕加索遗留下的大量作品，大多数乃至绝大多数都是与政治无关的，也并不都能使我们在鉴赏中直接体验到可捉摸的"精神价值"，然而他那"为斗争而艺术""为政治而艺术"的作品，如《格尔尼卡》，在他一生的创作中占据着重要的地位，则应无疑义。

"艺术家是为了精神价值而生活而工作的"，对于穷困潦倒终其一生的凡·高（Vincent van Gogh，1853—1890）是如此，对于大半生富裕优越的毕加索也是如此。

爱毕加索吧！把"不能也不应对涉及人道及文明最高价值的冲突视若无睹"作为座右铭吧！

14

在纯金般的日光中
开花 结果

那样正大光明

　　那太阳——

　　女性的力量

　　这几行诗，是一位叫梅·萨藤（May Sartou）的美国女诗人的
诗作《姊妹们，啊，姊妹们》中的几行。这几行诗多次被西方风行
一时的"女权主义批评"引为例证，说明女性创作中确已有了开
拓性契机——以往，以太阳喻男人，以月亮为女人，已成定规，而
萨藤此诗却以太阳礼赞女性的力量，意味着一种新的坐标系已然
架起。

　　如果说西方的结构主义、后结构主义、解构主义等等文学批评
方法近年来已颇为国内一些批评家借鉴，女权主义批评方法似尚未
有人尝试。文学上的女权主义批评的兴起，自然只是西方女权运动
的一个侧面，过去我总以为女权运动的宗旨不过是要求男女平等，
后来发现其内涵远非那么简单。比如在西方，你与一女权主义者
同时步入一家旅馆，你若主动为她开门或接取她脱下的大衣，她便
会愠怒，认为你仍是以不平等的态度对待她，同西方社会一贯奉行
的"女士优先"传统并未划清界限。那么，要怎么样才能如她的意
呢？那就必须真正地不把她视为一个"女人"才行。但你若有意把
她当男人对待，她又会生气，认为那仍是对她们追求的一种误解。
女权主义的文学批评就更让人难以捉摸了。有时她们会出人意料地
批评一些你认为很不错的作品，例如我就看到过一篇针对我国电影
《红高粱》的文章，认为影片中所展现的高粱地里的一组镜头，以

及嗣后的一曲《妹妹你大胆地往前走》，都是忽视女权的男性中心视角的典型例证——女人的情爱和性爱只是男人情爱和性爱的对应物，而失去了对等性。影片中巩俐所饰演的那一女主角尽管戏份不少，但几乎从未以她的心灵为中心来展现世界，影片中虽然也有不少以她为本位的主观镜头，但到头来仍只是为男性中心的大视角作注释而已。这是用女权主义的文学批评方法施之于电影艺术。在针对文学作品的批评中她们更加苛刻，例如用月亮比喻女性的惯用句法，就会被她们勾出以证明男性本位的"流毒"有多么深重！为女权主义文学批评所肯定的文学作品中，丹麦女作家丹妮森（Isak Dinesen）的《走出非洲》，美国黑人女作家爱丽丝·渥克（Alice Walker）的《紫色》，我国都已有了译本，有意钻研者不妨以女权主义批评的眼光一读，悟其壶奥。

法国女作家西蒙·德·波伏娃（Simone de Beauvoir）认为，女性的"温存""柔顺"及一系列与此有关的观念，仅仅是文化的产物，是社会性构作，而不是由生理特性决定的，因此应以"第二性"取代"女性"的称谓，以此弱化传统观念所强加于妇女身上的各种文化性限定。但"第二性"在序列上仍不能与作为"第一性"的男性平等，所以，由此推理，何不干脆称"另一性"？但男性与女性又互为"另一性"，行文时倘先不说明，又会令人一头雾水不得要领了。

女权问题看似简单，其实很伤脑筋。波伏娃是萨特的"终生伴侣"——既非妻子，也不互为情人，又非一般意义上的朋友，他俩之间的生死之交，也许确实为男人与女人的对等相处创立了一个美丽的典范。

愿天下的男人都坦然地面对女人。

愿天下的女人都坦然地面对男人。

坦然，就是同对待自己一样地自然。

15

爱因斯坦（Albert Einstein，1879—1955）大家都是知道的，他在科学发展上起过开辟新天地的伟大作用。哥德尔（Kurt Godel，1906—1978）一般人就不熟知了，他是出身于捷克的大数理逻辑学家。哥德尔比爱因斯坦小27岁，但爱因斯坦生命中最后的10年，几乎每天都要同哥德尔在美国新泽西州的普林斯顿高等学术研究所附近的林荫道上散步，成为引人注目的忘年交。

一位与他俩都过从甚密的学者回忆说："大逻辑学家哥德尔毫无疑问是爱因斯坦临终前几年间唯一特别亲近的朋友，而且也是在某些方面和他最相似的人。但就个性而言，他们却截然相反——爱因斯坦合群、快活、笑口常开、通情达理；哥德尔则极端古板、严肃、相当孤独，而且认为寻求真理是不能信赖常识的。"

这样两个个性全然不同而且年龄上又明显差一大截的人在一起散步，远远望去，一定令人觉得既奇怪又有趣。

1953年，哥德尔也已取得了重大的学术成就，在科学界声名鹊起，他母亲来信问他在盛名之下有何感受，哥德尔回信说："至今我并不觉得有什么盛名的负担，那只有像爱因斯坦，名气大得连街上孩童都知闻的时候才会出现。那时就不时会有疯疯癫癫的人要来解释他们的古怪念头，或埋怨世界大势。但是如你所知，这也并不是什么大问题，毕竟爱因斯坦已活到74岁的高龄了。"

据另一位与他们二位都相熟的学者回忆："爱因斯坦多次告诉我，他在晚年经常找哥德尔见面，以便讨论问题。有一次他甚至说，他自己的工作已不再有太大意义，他到研究所来只是为了'有幸和哥德尔一起散步回家'而已。"

爱因斯坦和哥德尔的"一起散步回家"的友谊，超越功利，超越伦理，超越科学，成为普林斯顿地区人们眼中的一幅美景，心中的一个甜蜜的谜。他们究竟都谈了些什么？不消说，爱因斯坦会谈到他企图完成的"统一场理论"，而哥德尔对之的怀疑是众所周知的，当然不会在散步中加以支持；哥德尔的哲学兴趣，却又不一定会引出爱因斯坦的谈锋，因为爱因斯坦对纯粹哲学的爱好一贯比较淡薄，也是尽人皆知的；他们谈些琐屑的私事么？抑或是世界大势？……总之，咳唾珠玉，随风尽散，令后人回想起来，无限神往，亦无比惆怅。

"一起散步回家"式的友谊，清如水，朗如月，有几多人在茫茫尘世中得以享受！

16

一位名叫凯金·罗森斯毛—胡西（Eugen Rosenstocu-Husey）的西方历史学家在1964年写了一本名为《西方人的自传》的书，他认为笛卡儿（René Descartes，1596—1650）那"我思故我在"的命题，对历史学的影响就是只强调个人记忆而抹杀集体记忆，结果导致历史的失真。他主张："历史学者有道义去恢复一个民族乃至全人类的记忆。""历史学者所要做的，就是使历史上的伟大时刻从个别细节的雾障中重新呈现出来。"《西方人的自传》似还没有中译本，不知道他有何妙法可达到他所说的"恢复一个民族乃至全人类的记忆"。历史是已逝去的岁月和人事，而人的回忆是一个筛子，纵使筛子眼小些，终归是要在记忆中筛掉一些东西的。官方的记载很可能为尊者讳，且线条必粗；个人的回忆录则一般都越不过"难为情"的心理障碍，虽有种种生动的细节，但却可能失去最宝贵的真相。历史学者要"使历史上的伟大时刻从个别细节的雾障中重新呈现出来"，谈何容易。

不过，关于集体记忆比个人记忆更有价值的这一提法，还是颇警动人的。保持一个民族乃至全人类的集体记忆，其实不仅是历史学者的神圣职责，我们作为民族中的一分子、人类中的一员，亦应有此种自觉性和积极性。那办法就是在回顾往事时尽量不要筛去那些使我们个人和群体都感到难为情的东西，我们使用的记忆工具不应是平面的筛子，而应是立体的沙漏。不会写的就用口讲，讲给我们的子孙后代。

忘记，意味着背叛。那么，记起，也许便意味着精进！

17

1976年获得诺贝尔文学奖的美国犹太裔作家索尔·贝娄（Saul Bellow）说，他之所以选择文学为业，正是由于受到那千秋难题的激励："对生命的神秘境遇加以诠释。"又说："灵魂是只想听灵魂所需要的东西的。"

索尔·贝娄的写作路数基本上还是现实主义的，他重视到社会上与各种各样的人交往，他说："你与各种人会面，这些人有的挺坦率，有的不说真话，这就要你想办法去了解了；某些人有内心斗争，某些人没有；某些人挺有意思，某些人没有意思。总之是一幅五光十色的图画。最使我感到兴味的是那些关心自己人格的人……"他写作时凭借的却是心中的感觉："我认为，作者深藏内心的直觉一旦打开，也就算走对路子了。如果你写的句子不是从这个直觉得来的，你就会写不下去，满纸都会显得虚假无味。你胸中好比有一台陀螺仪，随时会告诉你哪里对了，哪里错了。我总是感到，作者好比某种媒介，一旦路子对头了，就会具有某种超人的洞察事物的眼力，就能把握住形势。我每出版一本受到广泛注意的书，总是感到世界上竟有千千万万人跟我想的一样，好像我有先见之明似的。其实我当初并无此意，但我现在却知道是可以预知的。"

察人→入魂→直觉积淀→释放自觉→"陀螺仪"校正→诠释"生命的神秘境遇"，这也许就是他走向成功的"公式"。作家与读者的关系既然是灵魂说灵魂听，那么，"陀螺仪"能否找准接榫点，便是至要的关键。

我们胸中该不该有一台"陀螺仪"呢？该有怎样的一台陀螺仪呢？

18

有的人误认为当代西方文学只有"现代派"在那里驰骋，其实，比如像新潮文学层出不穷的美国，文学界就大有仍重视情节性的严肃小说家活跃在文坛上，如约翰·欧文（John Irving）就是一例。他说："当我还是孩子时，我就很注重事物的情节。情节是使我倾心小说并使我有志于当作家的第一因素……我至今仍然坚信，小说家的职责之一便是叙述好故事。"他并在一篇文章中毫不客气地对某些"现代派"作家进行抨击："近代小说在'优越论'和高度'唯理论'的名目下沦于一小批作家之手，而这类作家却只能为其他作家所赏识。看到这种现象，我深感憎恶……如果我们忘记小说曾一度是供人们阅读的艺术形成，而不是为了那些研究或写作小说的人的话，我们会陷入困境的。"在美国，并无人把他视为文学上的"保守派"或贴上"传统派"的标签；相反，1981年他那本《新罕布什尔旅馆》出版时，《纽约时报》发表的书评所使用的赞词，已超过许多刻意创新的"现代派"作品的鼓吹。据说《新罕布什尔旅馆》的主题也绝非模糊而是明确的，它通过主人公的话激励读者："世道如此，但不致使人变得愤世嫉俗，或者陷入幼稚的绝望……世道如此险恶，正好是一种强烈的刺激，使人们的生活有目标，并决心生活得更美好。"此书似尚无中译本，究竟写得如何，不好揣论。

在中国，似已有专为研究小说的人和另外的写小说的人看的小说出现，目标是圈内人叫好，而全然不顾一般读者的需求。我想，小说写到这种地步，真好比蚊入牛角，气量未免太小了。

永远会有要故事的读者，永远应有讲故事的小说家。

19

日本物理学家汤川秀树（1907—1981）是世界著名的核物理学家。1949年曾因研究基本粒子的成就而获诺贝尔物理学奖。他有一段名言："假如某件事是某人所不懂的，而他刚好注意到这件事与他颇为熟悉的另一件事有着类似之处，通过二者的比较，他可能便会对在此之前不能了解的那件事有所了解了。如果他这种了解是正确的，而且任何其他人都没有形成这种认识，那么他便可以宣称，他的思想是真正具有创造性的。"

这就告诉我们，创造性的思想并不神秘，它往往源于朴实的联想，深化于冷静的比较，而完成于实践的验证。头两个环节是人人可产生、发展而又常常容易失之交臂、浅尝辄止的；后面一个环节实现起来往往非常艰苦，然而又是乐趣无穷的。

20

奥地利哲学家卡尔·波普尔（Karl Popper）却与汤川秀树看法

不同，在他1985年所著的《科学发现的逻辑》一书中，彻底否定了久已确定的培根（Francis Bacon，1561—1626）根据感性资料归纳、分析、比较、实验的科学方法原理，他认为科学发明是从某种猜测性的预感出发的，而这种预感往往超出已得到的信息。一种理论要发展成科学理论，从逻辑实证主义角度上说，基本上必须是可谬证的，而不是可确证的——即所应做的事不是证明它对，而是对照世界来检验这一理论，如证明它错，则放弃，如不能证明它错，则成立。从培根到汤川秀树到波普尔，他们的主张我们都应当知道——尽管我们并不从事科学理论的研究。

世界真大，人类真精，想法真多，学问真深，分歧真绝，判断真难。

21

据说有一门学问，如今世界上专门研究它的还不足200人，其创始者是1944年出生的美国康奈尔大学学者米切尔·菲根鲍姆（Mitchell Feigenbaum）。康奈尔大学是一所公园般美丽的学校，校园中不仅有爬满常青藤的古典式建筑和贝聿铭设计的线条简洁的现代派建筑，也不仅有树丛、花圃和点缀其中的圆雕，还有自然生成的瀑布，极其壮观。据说十多年前菲根鲍姆从凝望瀑布中获得一种启示：水流跌落的过程中，在接近于下面水潭之前，运动的规律性是显而易见的，可是，即使在气候等外部因素不变的前提下，水流一旦击中下面的水潭，则所溅起的种种水花，造成的种种湍流、漩涡和波浪，便极为紊乱，几乎每一秒钟都在变动，绝对看不出重复，尤其是水花激变为水雾和气泡，其情景就更加复杂——于是他憬悟到人类应当研究紊乱，无论是失调，还是扰动，无论在水里，在大气中，在野生动物群无规律的繁衍衰败和湮灭中，或在人类心脏的纤维性颤动中，紊乱都无所不在，而在这个领域中，数学似乎就根本没有存在过！于是，他决定用电子计算机为工具，以高等数学为基本手段，对紊乱现象进行研究，从而创立了"紊乱学"。这就把人类对于宇宙的认识，引入了宇宙运动的最精微的区域中。经过数年的研究，他取得了一些重要的成果，大体来说，就是捕捉住了某些紊乱中的规律——那当然是至今仍蒙着神秘面纱的极难加以概括和表达的一种规律。这一"紊乱学"的开拓和发展，有可能逐渐走向实用，帮助人类预测地震、战胜癌症、预防和治疗心肌梗死，乃至更精微地把握经济发展和调整生态平衡……

有一派西方学者认为"紊乱学"敲响了量子力学或然论的丧钟。这就引出了爱因斯坦说过的一句名言："上帝是不是在和宇宙掷骰子？"一位"紊乱学"家站出来作答说："当然！但这些骰子是灌了铅的。现在我们的目的就是要弄清这些骰子是依照什么规律灌铅的，还要弄清我们怎样才能使这些骰子为我们服务。"

对于"紊乱学"这样高深的学问，我不敢胡乱插嘴。不过，世上有这样的学者、这样的学问、这样的研究在渐渐地推进，使我意识到，人类对各个领域的探索都已进入到精微阶段，因此，总是粗线条地依据固有的老知识老模式在那里想事情，恐怕确实是要落伍的。

努力使我们的思路精微起来吧！

22

美国学者罗伯特·尼斯贝特（Robert Nisbet）著有《偏见：一本哲学词典》一书，其中有一章专门论述"厌烦"。他认为："在支配人们行为的种种力量中，厌烦是最经常和最普遍的力量之一。""厌烦是人类的大脑在长期形成过程中对不相适应的条件的一种反应。""毫无疑问，过分的享受和满足是引起厌烦的一个关键因素……在生活中，比历经奋斗而毫无成就更为糟糕的事只有一件，那就是百事顺利。""虽然从历史上看，厌烦的影响可能是有害的，但是这种心理状态也产生过一些好的后果。许多有害的教义、教条或其他延续下来的理性概念最终都破产了，其原因并不是受到抨击而是由于其受害者感到厌烦。例如，首先是由于厌烦而不是任何其他的原因，使文学上因循相袭的陈套得以结束。"

我们社会生活中常见的"逆反心理"，其实即是一种"厌烦"。化解这种"厌烦"的办法当然不是一定去承认"逆反心理"的合理并附就那种心理去改弦易辙，而是一定要寻找出适应群体心理反应的新的刺激方式，并在因那刺激而发生的鲜活反馈中检验出我们初衷的欠缺或失度，加以补充或校正，从而超越"厌烦"，达到生动活泼的新局面。

　　华人血统的知识分子真正进入西方文化主流的，有人说屈指数不到十来个人，头两名，一是美国的建筑艺术大师贝聿铭，一是法国的大画家赵无极。贝聿铭的作品，不仅遍布美国各地，好评如潮，也出现在了中国，最新的一例是香港中国银行大厦，这栋造型如立刀的玻璃墙面大楼高达70层，据说不仅是香港最高建筑物，也是欧亚大陆上最雄奇的建筑物之一，他在中国大陆的作品则有北京的香山饭店。

　　据说北京香山饭店建成后，一位中国官员前去参观，他说："嘿，这种建筑我以前就见过。这是中国式的。"贝聿铭当时觉得，这位官员似乎不太高兴，因为他大概觉得既然请了你美国建筑艺术大师来，总该搞出个洋气的东西，否则何必非请你设计呢？贝聿铭当时听了却心中窃喜——因为他设计香山饭店时所追求的，恰恰是西方建筑艺术与中国建筑传统的融合。他后来在一篇文章中回忆此事说："你知道，当时正值'四个现代化'开始之时，因此他们希望所有的一切都要模仿西方。所以那位官员说的那句话并不含赞赏之意，不过我还是把它当作一种褒奖。"

　　其实，香山饭店的某些素质，是很洋的，例如前堂的设计，就体现着贝聿铭最拿手的准则："如果你要创造令人精神舒畅的户内空间的话，那你就得考虑各个立体结构之间那些空着的地方。"他的处理，是相当"现代派"、相当泼辣奇突的。这种大面积的"户内空间"，在中国传统建筑中几乎是没有的。但贝聿铭对香山饭店的总体设计，却是基于这样的想法："我想看看能否找到一种建筑语言，一种仍然站得住的、仍能为中国人所感受的并且仍是他们生活中一部分的建筑语言。"他并且希望以此给中国年轻的建筑家们一种启发，那就是"完全现代派的国际风格不适合我们，我们应该有自己独特的中国风格"。

贝聿铭在寻找"为中国人所感受的并且仍是他们生活中一部分的建筑语言"时，是非常下功夫、非常精心的，他说："我记得自己从小就有一个有趣的想法，即在中国人的观念中，窗户的作用和意义与世界其他地方大不相同，与日本也不同。""在西方，我们是个非常讲究实效的民族。窗户就是为了让光线、空气和阳光等等进入室内。因此窗户的设计必然符合这一特定需要和目的。也总是从实用角度出发的……但是，在中国，窗户却是一幅图画。一个窗户构成一个景色，而这个景色则是由屋主来设计的。窗户的形状就是这幅画的框架。最理想的是每个房间都应该有个花园。但花园不必太大。花园里的花草则不是现实的，而是自然世界的一个缩影，从这些窗户中人们可以看到这个缩影。这就是他们的生活方式。因此，在建造香山饭店时我就广泛地采用了这类形式的窗户。"倘有机会到北京香山饭店参观，你就会发现，那整座建筑的的确确体现出了上述设想的一切。我记得在香山饭店后面的庭园中，还有一处屋壁是一整面无门无窗无漏气孔的素白墙体，紧临着池塘，那也是贝聿铭刻意设计的一个"神来之笔"——他让园林工人在墙体前稍偏斜地栽植了一株形态古雅的老松，这样，在正午以后的日照中，便形成了一墙三树的美景——即除松树本身而外，墙上树影亦成一树，水中倒影又成一树，蔚为奇观。

不过我们应当意识到，贝聿铭是一个美国人，一个美国建筑师，在美国没有人把他看作一个中国人，都把他视为美国自己国家最杰出的人物之一，你再翻回去读上面我所引的他的话，他是用"我们西方"如何如何和"你们中国"又如何如何那样的语气讲话的。

在香山饭店里，我们中国迎来了一幅法国抽象派绘画大师赵无极的作品。赵无极早已归化法国，法国人都把他看作"我们法国人"，所以我们也不必因他的血统而非把他认作"我们中国人"，他的绘画作品中尽管确也浸透着某种中国传统绘画中的大写意及文人画的笔趣等等因素，但那作品总体而言却是一种西方绘画，一种法国绘画，所以，一般中国人未必能欣赏喜爱。他的画悬挂在香山饭店前堂后，大概是觉得价值昂贵，而不少中国人又确有一种难以抑制的伸手抚摸展品的癖性，所以，饭店就用玻璃柜把那幅画柜压了起来——而赵无极的那幅画，是不能压上玻璃来欣赏的，何况玻璃板对光影的反射映照，也使得人们无法辨清那幅画的真面目。据说赵无极本人和不少法国文学界人士，都对此大为不满而又无可奈何。

这样我就又想到了几年前在法国巴黎与荷兰电影大师伊文斯的会见。我买了一枝蓝色郁金香送给他，他和他夫人罗丽丹非常高兴。那种杯形的花朵中国人不一定喜欢，特别是蓝色的，许多中国人会觉得不太喜气，但伊文斯夫妇却能体味出蓝郁金香的华贵、高雅与蕴含着的尊重与钦慕。这就说明不同文化之间存在着显著的差异。人类同居一球，各民族的文化必定要互相沟通、互相撞击、互相融合，而必定又要各自执拗地保持固有的素质和特色。

　　这里采撷的是一束蓝郁金香，我们中国人不一定要喜欢它，然而，在欣赏梅花、牡丹之余，对蓝郁金香、黄风信子等洋花略作浏览，不也能丰富我们的心灵，激活我们的想象、展拓我们的思维吗？

当一片叶子落到你的肩上

1

记忆有三种。

红色记忆——那些给予我们强烈刺激、曾引起过我们兴奋的人和事、场面和细节。

黄色记忆——那些厚实而平淡一如黄土地的人生流程。

蓝色记忆——那些隐秘的、浪漫的，不可告人而绝非邪恶的露珠般晶莹的鲜活体验。

三种记忆交相融会时，便开放出姹紫嫣红、化黄幻绿的思绪之花。

2

我不喜欢舞台上的三种舞姿：

男人像女人般柔曼，

女人像儿童般天真，

儿童像木偶般滑稽。

我不喜欢人生中的三种表现：

少年时如老年般沉稳，

壮年时如少年般幼稚，

老年时如壮年般鲁莽。

我不喜欢情感中的三种变化：

悲伤时忽然发笑，

忧郁时突然暴跳，

愤怒时猛然恐惧。

3

一个人牙齿的清洁程度，与一个人的文明程度成正比。

一个地方公共厕所的清洁程度，与一个地方的文明程度成正比。

一个人能不能准确地将手中的废物投进垃圾桶，标志着一个人的教养达到怎样的程度。

一个地方的排水系统是否完善，标志着一个地方的现代化达到了怎样的水平。

4

我们的眼睛从来不曾直接看到我们的后脑，我们的左耳从来不曾与我们的右耳会面。

在我们的生命流程中，这类的终生遗憾是一定会有，无可避免的。

5

在灰蒙蒙的胡同小院里，人情如一杯搅匀的蜂蜜水。

在拔地而起的高层公寓中，人情如一杯凉白开水。

总喝蜂蜜水也会生厌。总喝凉白开水会感到舌胃寡淡。

据说正在修筑一种院宇式的公寓楼，那里的人情将如清茶，浓沏淡饮总相宜。

在保证私有空间的前提下，共用空间的宽阔与人情的浓度是成正比的。

6

长期居住在城市中的人，有时甚至在很高的楼层上，从阳台、窗口望出去，也仍然望不见地平线——天际是另外一些建筑物的轮廓线。

长期居住在内陆的人，有时甚至登上很高的山巅，极目望去，也仍然望不见海平线。

长期不见地平线、海平线的人，会失落某种难以解说难以命名的感觉，而这种感觉，是构成一个美好的生命所不应欠缺的。

请抓紧一切机会，冲出城市，奔向田野；冲出内陆，奔向大海。

在宽阔的地平线面前，

在辽远的海平线面前，

寻找那使我们灵魂充实的东西！

7

蹲下去，请蹲下去，细细观察一棵草，哪怕是一棵最平常最弱小的草。

草也是一个生命。生命与生命相对。你不再是观察，而是面对着另一生命，交流，领悟。

草也不再是观察你，草面对着你这庞大而复杂的另一生命，将自豪地显示出自己的全部尊严、活力与憧憬。

蹲下去，请蹲下去……

8

一片叶子落到你的肩膀上，如一只手将你轻拍。

落叶是刚刚结束的生命。它以变化了的色泽、正在失去的柔软，以及开始蜷曲的形体，向你展示着一个生命那最后阶段的依恋与惆怅。

落叶跌在你的肩上，如轻拍轻抚，提醒着你：请珍惜！

9

在我们书架上，总有一些书，我们买来很久了，却总未读过它。

在我们生活中，总有一些人，我们与他们长期乃至朝夕相处，却总不清楚他们的灵魂。

10

《红楼梦》是一部颂赞青春女子的书。那里面的男子汉太少！

贾宝玉是"面若中秋之月，色如春晓之花，鬓若刀裁，眉如墨画，鼻如悬胆，眼若秋波"，又说是"面如傅粉，唇若施脂"；

贾蓉是"面目清秀，身材夭矫"；

秦钟是"眉清目秀，粉面朱唇，身材俊俏，举止风流……怯怯羞羞有女儿之态"；

贾芸是"长容脸面，长挑身材……生得着实斯文清秀"；

蒋玉菡则是"妩媚温柔"；

柳湘莲是"一个标致人""年纪又轻，生得又美""最爱串戏，且都串的是生旦风月戏文"；

……

你看，这些书中的重要青春男角，哪一个具有阳刚之气？说他们美，不过是因为他们的容貌气质靠近青春女子。

晚清达到繁荣的京剧，小生这一行当把那一时代对于青春男性的美凝练成了那样的一个符号系统："眉清目秀，粉面朱唇""举止风流，妩媚温柔"，尖细的嗓音，雅致的动作，文小生大多"怯怯羞羞有女儿之态"，武小生也"着实斯文清秀"，总之，全都"如春晓之花"，是一种阴柔之美。

整部《红楼梦》中，也许只有焦大、醉金刚倪二，以及贾雨村多少有点男子气概，第一回写到甄士隐家的丫鬟"掐了花方欲走时，猛抬头见窗内有人，敝衣旧服，虽是贫窭，然生得腰圆背厚，面阔口方，更兼剑眉星眼，直鼻方腮"，这样的男子汉肖像，在整部书中竟非常之罕见。可是，在《红楼梦》中，贾雨村又只是个"奸雄"，阳刚之气，并未成为讴歌的对象。

时代更迭，不敢说我们民族中的男子汉阳刚之气未得到舒张，然而，把阴柔之美也施之于男性，至今却依然小成风气。

我厌恶如女子般美丽的男子。

我不能承受如女子般"妩媚温柔"的男子情谊。

11

每一片圣洁的雪花都有一个赖以凝结的核心，那核心必是一粒灰尘。

每一个伟大的胸怀都有一个出发点，那出发点必是凡人的需求。

12

除却医生和护士，你问一位成年人：嘴里一共有多少颗牙齿？他很可能答不出来。或者立即用舌尖去舔数，以期做出正确回答。人就是常常如此不能自知。

13

人不能接受蓝色的食物。

试想这样的一桌菜肴：宝蓝色肘子，蔚蓝色的烤全鸭，紫蓝色的炮羊肉，靛蓝色的烧鲤鱼，湖蓝色的酸辣汤……

已有心理学家，对人类拒绝"蓝食"做出一些解释。然而，鲜有能解释透的。

人类的心理，真奥秘重重。

14

牌戏中，对手不按牌理出牌，却又不能中止牌局；

比赛中，裁判既聋且哑，而球还必须踢下去，直至锣响；

演出中，观众早已走散，而幕仍未落，还必须把戏唱完；

人生中常有这类困境。

15

在万千种颜色中，黑、白、灰三种颜色最美。

在奇诡瑰丽的人生中，出生、事业成功、死亡这三个场面最壮观。

16

人类是唯一能制造工具的动物——这一论断受到了特例的挑战：水獭能够用石块作为工具击碎贝壳以吮食里面的软体。

人类是唯一懂得羞耻的动物——这一论断也似乎并不那么严密，因为有人发觉马戏团的猩猩在表演失败遭到倒彩时，面部脱毛部分也会陡然变得绯红。

人类是唯一居然同类相残的动物——这一论断也许在哺乳类动物中完全适用，然而我们都知道，至少在昆虫中，蜘蛛交尾后，母蜘蛛就会将公蜘蛛吃掉。

人类是唯一具有幽默感的动物——这一论断，难道仍会遭到挑战么？

17

弱者的典型心理，是怀疑情况的不正常——为什么恶人的欺凌还没有降临？

弱者所津津乐道的，是恶人欺凌另外弱者的情况。因为他觉得恶人的精力乃一常数，欺弱其他弱者的次数越多、程度越烈，则轮到自己的概率便越小。

弱者所引以自豪的，是恶人对他的欺凌，毕竟比施之于其他弱者的为轻。

弱者所悲痛欲绝的，是恶人不承认他乃一弱者。

18

女人爱在家中照镜子。

男人爱在公共场合照镜子。

男人比女人更爱照镜子。

女人在家中照镜子时很坦然。男人在公共场合照镜子很不自然。如偷窃一般，短暂如闪电，然而又难以抑制，常常照上不止一次。

男人常说女人爱虚荣。

男人往往比女人更爱虚荣。

19

当人想去同邻居交往时，那便是他最孤独的时候。

20

世事如草，绿了又枯，枯了又绿。

人生如草，绿了易枯，枯了难绿。

21

人一生中要从居室里扔出多少垃圾！然而，人却往往不能从心灵中清除垃圾。倘若人永不从居室里扔出垃圾，该是怎样的情景！然而，人却往往不能为心灵中垃圾的淤塞而惊骇。

22

常常凝想宇宙的浩渺无际，时间的茫无头尾，会使心灵在重负下受伤。

永不意识到宇宙的浩渺无际，时间的茫无头尾，会使心灵永远轻浮浅薄。

23

问一位百岁老人："您的养生之道是——？"

"不养生！"他应声而答。

刻意养生的，总处在一种怀疑自己健康的不安全感中。

不养生，则是一种对自己生命力的高度信任。

自然生存，胜过雕琢生存。

24

悲剧是把有价值的东西撕毁给世人看。诚然。

科学家居里过马路时为车辆撞死，这当然是个悲剧的场面。

不过，这并非正宗的悲剧。

正宗的悲剧，还得是表现人内心中的痛苦挣扎——人把自己的灵魂撕来扯去："活着，还是死，这是一个问题！"

倘若一个人过马路时，内心中不断斗争："要不要滚卧到轮下，了此一生？"而最后竟做出了滚卧的抉择，被碾得血肉淋漓，那便是彻头彻尾的悲剧。

也还有超越这之上的悲剧。

内心的挣扎，并未导致一种痛快的解脱，求死不成，求生不欲，活着如死，死难酬愿，所谓"此恨绵绵无绝期""千古艰难惟一死"，那方是悲剧的极致。

极致的极致，是连挣扎的痕迹亦渐渐模糊，终于寂静无声。

一口古井——最深最黑的悲剧。

25

意志坚强的人，是那有自嘲能力的人。

生命力旺健的民族，是那有自嘲能力的民族。

自嘲防癌。自嘲克癌。

26

我年轻的朋友G君，他——

不抽烟，不喝酒；

不吃肉，忌荤油；

不喝茶，只喝白开水；

不吃零食，只吃三餐饭；

吃饭每餐只吃一两粮；

与和尚不同的是他吃鸡蛋；

不恋爱，不结婚，不接近女人；

不看小说，不听音乐，不进剧场；

偶尔看看电视；

偶尔翻翻报纸；

不旅游，不游泳，不溜冰；

不打球，不打牌，不做游戏；

不交朋友，不聊天，不侃山；

只读关于《易经》、河图、洛书、太极、八卦、气功、占卜、诺查丹马斯预言、外星人来访遁去一类的书刊；

只练气功，不练武术，不做体操，不跳迪斯科和霹雳舞；

按时上班，按时下班，在班上恪守规章，下班后守法遵纪；

挣的工资除了吃饭、买上述书刊及缴纳进气功班听功的学费外，全部存在自家抽屉中——不去银行储蓄，不谋求利息；

不问别人借钱，也不借别人钱；

不和家里人谈心，也不同家里人冲突；

身体变得精瘦，但据说人全靠精、气、神活着，肉多无益；

表情总那么平静，据说喜、怒、哀、乐都泄精、伤气、耗神，所以要永远无动于衷；

不讲究穿戴，不经常洗澡，不爱洗衣服，不爱打扫房间，总喜欢一个人坐在那里琢磨"气感"；

不爱接电话，从不打电话，不写信，也基本上没信可收，从未拍发过电报；

怕坐飞机，因为飞机可能摔下来，怕坐火车，因为火车可能出轨，怕坐汽车，因为汽车可能撞翻，怕骑自行车，因为自行车可能被汽车撞倒，走路相比最安全，所以他尽量步行；

不爱花鸟虫鱼，不喜亭台楼阁，不向往高山大海，不仰慕名胜古迹，只愿到离家不远的公园一角去"接气"……

我曾问G君：你这样生活，为的是什么？

可是出于某种宗教信仰？他虽看了不少论道谈禅的书，却既非道教徒也非佛教徒。他并无宗教信仰。

可是出于韬晦之计，以图某种终极追求的推进和实现？他却又并无哲学层面上的、政治层面上的、社会层面上的、人生层面上的、科学层面上的以及其他层面上的任何终极追求。

一再追问下，他说他这样是为了活得长久，活得安全。

可是，舍弃了那么多人生乐趣，又并未架构出超越人生乐趣的终极追求，活得久又有什么意义呢？本不在危险中，又没有冒险的欲望，安全并不存在问题，通过拼命抑制和收缩去寻求安全，所寻求到的那种"安全"并不比危险中的处境舒适，又意义何在呢？

像G君这样的人，目下社会上不乏其例。

也许，是一种时代病。

愿这仅是一种局部的病态，也仅是一种短期流行的疾患。

27

真理的碎片绝不是真理。

谎言撕碎后仍是谎言。

28

西方过去与建筑物相配的往往是人造喷泉。

西方现在与建筑物相配的往往是人造瀑布。

中国近年修建的豪华饭店，与建筑物相配的瀑布亦已明显突出于喷泉。

人造喷泉是精神飞扬的一种外化。

人造瀑布是精神舒泄的一种象征。

中国仍需修建更多的人造喷泉。

29

一个男人应当记住父母、妻子、儿女和自己的生日。除自己的生日外，母亲和妻子的生日最不该忘记。因为母亲生下了我们，妻子与我们共同创造了更新的生命——并在这过程中单独承受了痛苦。

30

市面上出售着《世界人体艺术画册》《人体艺术摄影》《中国人体艺术展览作品集》……翻开一看，里面全是女体。

我并不是女权主义者，但我纳闷，为何一到供人欣赏，人体便仅只等于女体，男体难道不是人体么？

据说当北京中国美术馆进行"人体艺术作品展览"时，一位年轻的女观众走完一圈后愤懑地问："为什么没有一幅男裸体的画像？"我想有她这个问题的观众一定不少，只不过大多数人都不大声表达罢了。

建议只收女体的画册和摄影集，再印行时都正名为《世界女体艺术画册》《女体艺术摄影》……

可能印行《男体艺术画册》或同时收有男体和女体形象的《人体艺术画册》，还太不现实。但我想，只将女体作为人们——而且主要是男士——欣赏对象的做法，无论如何是不公正的！

31

一本书不曾出版的知名作家的存在，是文坛的不幸；

出版过一百本书而仍不知名的作家的存在，则是他个人的不幸。

32

在公共浴室里，赤条条的人们坦然相处。

一本成功的著作，使作者和读者如在公共浴室里邂逅一般。

33

迷路时，胡乱的指引比自我判断的偏差更可怕。

34

窗户敞着，一只鸟飞来落在窗台上。

有人立即想去捉住它。

有人屏气凝神欣赏它。

有人蹑手蹑脚想去接近它——看它是否受了伤。

有人立即挥手跺脚轰开它。

有人无动于衷不理它。

有人立即琢磨上了：是凶兆，还是吉兆？

有人幻想着：它要不再飞走有多好……

你是哪种人？

35

遇到一个不认识的字，有人想到该去查字典，恰好屋里有字典，他便取出字典来查；

遇到一个不认识的字，有人想到该去查字典，但身边并没有字典，他便记住这个字，待回到有字典的地方时，立即去查；

遇到一个不认识的字，有人想到该去查字典，但身边并没有字典，他便放过了这个字，待回到有字典的地方时，也没有去查；

遇到一个不认识的字，有人想到该去查字典，但即使屋子里有字典，他也终于并不去查；

遇到一个不认识的字，有人根本不想去查字典，他就根据偏旁或与其字形相似的字的发音去读那个字，并想当然地去解释那个字的字义，再遇到时，他就以为自己认得了那个字；

遇到一个不认识的字，有人根本不想去查字典，也懒得多想，他便跳过那个字去继续他的阅读；

遇到一个不认识的字，你会怎么样？

36

雨后马路上的水洼映照着晴空，显得无比深邃。

一知半解的人引述着最新学说的只言片语，正如雨后晴空下的水洼。

37

一个谣言，人们明知是谣言仍固执地加以传布，则体现出一种群体的潜在愿望，有可能使那谣言化为活的现实。

38

辟谣的最佳方案是绝对地对之沉默。

39

造谣者的法宝是似是。
传谣者的法宝是吞吞吐吐。
信谣者的法宝是宁信其有。

40

妻子就是那个永远要我们对她的发型和衣着鞋袜表态的人。

一离开孩童期，儿女就成为绝不希望我们对他们的发型和衣着鞋袜表态的人。

41

在公园、饭馆和百货公司，我们最不乐于遇上同事和邻居。

无论是在台上表演还是领奖，我们最乐于从台下的观众席中发现同事和邻居。

42

石头有时看去很温柔。

湖水有时看去很冷酷。

43

假如你有了一大笔来路光明的金钱，你打算用其中一部分报答昔日对你有恩的人，你却可能又犹豫起来。

因为你可能想到，用金钱来报答别人的感情，是庸俗的；

因为你可能想到，人家虽曾从物质上援助过你，但你以金钱回报，便无异于给双方的情谊划了个"两清"的句号；

因为你可能想到，纵使把整笔钱转赠给人家，也并不能报答人家的恩情；而整笔的转移无论在你在他都是难以实行的；

因为你可能想到，还可以寻找另外的报答方式；

因为你可能想到，人家施恩是绝不图报的，现在给予露骨的报答乃是对人家人格的一种不尊重；

因为你可能想到，即使以金钱回报，也还不必如此着急，待你有了更多的收入，你将更厚重地报答他；

因为你可能想到，总而言之，这笔钱是你自己挣来的。你可以用之对另外的人施恩，却不必一定用来报答恩主。

于是你打消了最初的念头。

是这样吗？或者不是？

44

"卑鄙是卑鄙者的通行证，

无耻是无耻者的墓志铭。"

这两句诗很被人称道。

其实，

"无耻是卑鄙者的通行证，

卑鄙是无耻者的墓志铭。"

这才准确。

卑鄙者活着时绝不承认自己卑鄙，他们闯入他人生活损害他人时，总打着"正义"或"真理"一类旗号，支撑他们的是厚颜无耻。

卑鄙者往往要到死后才令世人看清他们的脸皮有多厚；无耻的

厚颜会迅即腐烂，而卑鄙的名声却尸臭仍存。

45

"处女作"的说法不知自何时始。

其实，既"作"，则已非"处女"。倘仍为"处女"，则应尚未有"作"。

第一篇作品的印行，应是灵魂为所爱献出的童贞。

46

一个人在一生中，连一次满怀喜悦地等待和欣赏日出的体验也未曾有过，该是多么不幸！

一个人在一生中，连一次满怀惆怅地面对和品味日落的经历也未曾有过，该是多么不幸！

47

最贴近皮肉的内衣，破损得最快，最早地被我们抛弃。

最贴近我们的朋友，知道我们最多的隐私，往往也早于那些同我们保持一定距离的朋友离去。

我们最好的朋友往往如同我们最喜欢的外衣——并不紧贴我们的皮肉，但以使我们更加光彩而赢得我们的心。

48

我们记不清一生中究竟穿过多少双鞋，就如同我们记不清一生中有多少人扶助过我们在生活中前行一样。

我们只大略记得目前自己究竟有哪些鞋可穿，我们会迅即做出决定：平时上班穿哪双，下雨时穿哪双，跑步锻炼时穿哪双，上街买菜穿哪双，去亲友家做客穿哪双，出席高级社交活动时穿哪双……

我们很少为穿破的鞋保持久远的怀念，如同我们很少为曾利用过而且不能再利用的关系保持久远的感激一样。

49

卡式录音带的发明，并没有完全取代放唱盘的留声机；

激光唱片的发明，并没有完全取代常规的针走唱片；

电视艺术的出现，并没有完全取代电影艺术；

彩色胶片和相纸的出现，并没有完全取代黑白胶片和相纸；

激光视盘的发明，并没有取代电影胶片和录像磁带；

……

一种新事物的出现，并不一定预示着老事物的灭亡。长期并存，越来越成为我们这个世界的常态。

50

在拍摄了许许多多的相片之后，我们一定会从中至少发现一张——就连我们自己看去，也实在不像！

在经历了许许多多的人生坎坷之后，我们一定会至少憬悟一次——我们对自己的了解永不完全，在某一瞬间，自我会变得那么陌生！

51

最难以筹划设计的，是梦境。

如果你筹划设计，那就不该是出于对梦的追求。

梦往往求而不得，不求自来。

谁为我们筹划设计了梦境，并使之浮现？

梦境也许是无须筹划设计的。

你筹划设计，要超越梦境。

超越无梦。超越即是清醒。

你筹划设计，清醒地为一个具体得如同你双脚踏地般的目标。

无数具体而微的目标重叠在一起，也许会近似于一个美丽的梦。

52

当爱神给你打电话的时候，你要立刻告诉他，更要紧的是给你的意中人去电话，你应恳求他不要忘记，并且最好立刻就打。

当死神给你打电话的时候，你要正告他，他拨错了电话号码！

当凶神给你打电话的时候，你一听出他的声音便应沉默，待听完他的主要意思以后，你就轻轻地挂上电话。

当懒神给你打电话的时候，你根本不要听他的唠叨，你要立刻给他唱一首快乐活泼的歌曲。

53

当文思涌来而一叠纸平铺在你面前，你手中握着笔时，你要毫不犹豫地开始写作。

也许你会写得很糟。但没有哪个上帝有权限定你必须写得出色。

也许你写的会被编辑部退回。然而被编辑部退回过的世界名著还少吗？一个编辑部没有通过，另一个编辑部也没有采用，但是，也许就会遇上那么一个编辑部，他们将很得意地把它刊出。纵使所有的编辑部全都拒绝采用，你也没有白写，因为你会铭心刻骨地懂得什么是当今的时尚，从而下决心：或者迎上去决一雌雄，或者退下来以待转机。

也许你写的发表后会被批评家们置之不理。但你原本就不是为他们而写，如果他们跑来说三道四，置之不理的应当是你。

也许你写的发表后喜欢的读者很少。但细想想你的爱子或爱女也不见得都那么惹老师、邻居们喜欢，重要的是他们是你生命的延续，哪怕只有一两个路人对你的爱子或爱女投来仅为一瞥的赞肯，你都应心满意足、其乐融融。

也许你写的东西根本不能传世。但你过去、现在、将来都不必有那种大而不当的抱负。巴尔扎克和陀思妥耶夫斯基发疯般地写作是为了还债；曹雪芹写《红楼梦》时根本没想到镌版刊行；鲁迅写《阿Q正传》是为报纸上的"开心话"专栏供稿……你甚至根本不必把自己同他们哪怕是谦虚地联想到一起，你写，是因为你想写；传世不传世是时间老人的活计，与你无关。

也许你以后再写能写得更好——没有比这更愚蠢的想法了。也许你以后再生活比现在能生活得更好——但难道你现在就中止自己的生活吗？你现在想写就一定要写，因为你不可中止你灵魂的颤动。

54

一个人下意识地哼着什么歌曲戏文，最能反映他的性格，亦最表露他的心情。

一个人在"卡拉OK"中的演唱，则往往只是他潜在的扮演欲望的实现，他的心绪很可能与唱出来的不符甚或相反。

55

宣布超越善恶而中立，其实是助恶。

宣布对区分善恶无兴趣因而中立，其实也是助恶。

任何中立都是助恶吗？不。心中有数，但无力助善，所以不介入善恶间的直接斗争，但绝不与恶发生关系；采取人道主义立场和行动，救护援助受害的善者。这才是中立。

最令人厌恶的"中立者"是，凑拢到恶一边，还振振有词地说："我跟谁发生关系是我个人的事。"

56

幸福温馨的童年是一杯已吃完而回味不尽的冰激凌。

痛苦不幸的童年是一笔心灵的财富，如能自觉而有效地利用，将大大地促进青壮年期事业上的精进。

平淡无味的童年是人一生中无可弥补的损失。

57

与其竭尽全力地耗费大量光阴和精力练气功以开眉间的"天眼"，不如以等量的光阴和精力去掌握一门外国语。

学会一门外国语便是多了一只眼睛。

58

一位苦练气功的朋友走进门来便上上下下打量我，又伸出手掌捕捉气感，连连告诫我说："别的地方都没有什么，唯独腹腔左下侧……"

我颇不悦。

我总怀疑有些苦练气功的人为的是能窥破别人的隐私。

一个人的病患，也是一种隐私。没有主动求医问诊时，别人不好轻率地对他以"天眼"透视，或伸掌以气感检验。

中国有句成语叫"讳疾忌医"，是贬义词。讳疾且不论，我以为一个人是有"忌医"之权的——起码他有选择在何时何处找何医生以何种方式查病治病的权利。

59

镜子反映出的是一个同我们左右相反的人，但我们总认为那就是我们自己。

录音机录出的明明是我们真实的声音，但我们乍听时总觉得那是另一个人的声音。

即使是电影演员，据说也还是搞不清自己严格意义上的真实面貌究竟如何。

我们最真实的形象，存在于他人的肉眼中。

60

法国存在主义作家萨特说："他人即地狱。"

其实，有时，"他人即天堂"。

即使同我们最亲近的人，也往往不知道我们心底最隐秘的记忆与思绪，他们以"地狱"的眼光审视，往往仍是"天堂"的效果。

我们那心底最隐秘的记忆与思绪，既是自我的"地狱"，也是自我的"天堂"。

"地狱"与"天堂"是一对双胞胎。它们实际上无处不并陈。

61

一本书最值得读的部分是版权页和目录，其次是序或跋。

没有比把任何一本到手的书都逐页逐行读完更愚蠢的事了。

任何人都有一目十行的能力。问题是你把这种潜力挖掘出来了没有。

妨碍一目十行地阅读的不是生理原因而是心理原因，去掉那样的心理障碍——如果我读得太快太潦草，那是不认真的表现——你就能飞快地鸟瞰一本书，从而获得一个整体的印象。

许多书，读过它能获得一个印象就行了。获得一个模糊的印象也挺不错。

要懂得，一个清朝的学者，他是有可能"把书读完"的——即凡正式刊印的经史子集（"闲书"及指导应考的八股文选等除外），都逐册读过或至少是翻检过。那个时代用一辈子时间翻阅《四库全书》是能够翻完的。但，现今的任何一大学者，都不可能"把书读完"了——即使只读中文书而不计外文书，即使只读本学科及相邻几个学科的书，也不可能"读竟"了。这就促使当代人不但要学会读书，而且要学会不读书。

不读有的书，不过细读许多书，不认真读太多的书，是最善读书的表现。

指导别人读书，最高的水平体现在断然地告诉别人，什么书根本不要去读。

62

经常产生自我渺小感的人，也许客观上达到伟大。

经常产生自我伟大感的人，大半客观上恰恰渺小。

当着别人特别是当着大庭广众声称自己渺小的，他心中未必真有渺小感。

当着别人特别是当着大庭广众声称自己伟大的，他心中也未必真有伟大感。

经常测量自己在渺小和伟大之间的位置，并冷静得出恰切结论的人，是必能有所成就的人。

63

一个少年问我："为什么只提'保护野生动物'的口号？不提'保卫动物'的口号？"

我自然耐心解答："保护野生动物是为了保护地球上的生态平衡。而非野生的人饲动物，其中大部分如猪、鸡、鸭、鹅、鱼以及肉牛、肉羊等等，都是为了宰杀以作肴馔的，怎能笼统地提出'保卫动物'的口号呢？"

他说："那么，我要是脱离社会脱离人类，跑到大自然中去野生，你们是不是也就会对我格外珍爱、格外加以保护呢？"

我不禁哈哈大笑。

笑完了，却发现那少年人一脸的认真。

面对着少年的纯真，我的心发紧了。

是呀，我们为什么只保护"野生"？

64

我问一位居士朋友："佛教主张不杀生，因此和尚尼姑都吃素。但20世纪以来的生物细胞学的发展，证实植物的细胞和动物的细胞在可称生命这一点上并无质的区别，因此，吃素即吃植物，实质上也还是杀生。看来还是道教的道士'涧底束荆薪，归来煮白石'比较地高明——干脆只吃无机物，吃泥土和矿石；当然这大概也很难坚持，到头来也还得吃植物，起码吃低等植物，如藻类菌类蕨类植物……所以，人要生存下去，恐怕是不能绝对不杀生的，您说是吗？"

他微笑了："的确，任何事情都会遇到一个'边际困境'，比如，究竟什么是死亡？心脏停跳，呼吸停止，瞳孔放大，但身体还温软，算不算死亡？身体僵了，体内许多细胞还未完全停止活动，算不算死亡？时下谁能算准一具尸体所有细胞都完全熄灭的那一刹那？……还有谋杀，谋杀一个已生出娘胎的人，固然罪大恶极，谋杀一个母腹中的婴儿，算不算同等的大罪？一个人把一个孕妇粗暴地推倒在地，致使那孕妇流产，胎儿生出后死亡，那人算不算杀人犯？倘若那流产的死婴尚不成形，是不是罪便轻些？……如此等等，都说明人类常常面临'边际困境'——就是找不到定义上的、理论上的、道德上的、法律上的最准确的界限。"

他没有解答我的疑难，却提供了一个"边际困境"的概念。

的确，人类需要不断地从"边际困境"中挣脱出来。而化解了原有的"边际困境"，必将又出现新的"边际困境"。人类也许就是在将"边际"不断推向精微的过程中变得越来越聪敏的。

65

一个求学的人，中学时代对他最具永难磨灭的光彩。中学时代的老师印象最深，中学时代的同学友情最笃——常可以终其一生，中学时代唱过的歌永远还能唱，中学时代看过的电影总觉得最好，中学时代崇拜的影星、歌星、球星和文星（作家与诗人）在心灵的天空永不陨落，中学时代朦胧而失落的初恋沉淀到心底成为个人最珍贵的隐私……

中学时代，是在青春的门槛两边——一只脚在门槛外，而一只脚已迈进门槛内。

珍惜你的中学时代！

一个中学时代度过得充实、美丽而常无端烦恼却又不断憬悟的人，他在以后的生活中可望得以自持并有所成就。

一个中学时代度过得荒芜、丑陋而并无自知陷于混浊颟顸的人，他在以后的生活中很可能会遇上很多麻烦并可能给社会带来麻烦，他当然还可能有所转变，但那一定是非常痛苦和艰难的。

好好上中学！

66

抽香烟抽到最后，剩下的那小小一截，中国人或称之为"烟头"，或称之为"烟屁股"（简称"烟屁"）。

在这个特指中，

头=屁股

中国人是尊头而抑屁股的。对头之尊又尤其体现在对口之尊——倒不是尊口才，而是崇"口福"。

吃——口腔的物质和感性享受是至高无上的。

10年前，有一回我千里迢迢到一座城市，是应邀前往，甫下火车便被接到了该市一处最豪华的饭店——直接被带到了一桌酒宴前，主人的热情，令我感动；坐下没多久，便大盘小盘络绎不绝地端上来许多色、香、味俱全的佳肴，确是口福不浅。但我这人不争气——实在也是旅途劳乏，吃喝都不能与主人同兴，却又提出来一个不雅的要求——希望能到卫生间去方便方便。

谁知那装潢豪华的饭店，竟没有卫生间，"内部使用"的也没有，经理一指窗外——"我们也都是去那儿方便。"

那是一座公厕。只好前往。倒很近，就在马路对面。一进去，我便不禁倒胃。不在这里形容，相信许多读者都有同类经验。

回到饭店，我实在难以再吃什么喝什么，勉强支撑到散席。

我想，豪华饭店而不设卫生间，当然不是为节约造价，而是心内没有那样的要求。

这也是一种文化——重口腔享受而轻肛门享受。

其实，卫生间、抽水马桶，其意义同厨房、餐厅是不相伯仲的。

中国人对一个人美不美的评价，往往也集中在对面庞的检验上，偶尔说到身材，但都比较粗疏，至于屁股即臀部，那是坚决回避的；但西方人论美人，身材往往放在比面庞更重要的地位，而在所谓"三围"——胸围、腰围、臀围之中，臀围是一点也容不得忽视的。

这也许都正在成为过去。

如今中国新修建的饭店、宾馆及其他公众设施，都设有卫生间了；对美人的品评，也渐及面庞以下；对抽水马桶的重视，也渐渐与对灶盘的重视平齐。所以，当现在我们发现"烟头"又称"烟屁股"因而"头=屁股"时，大概不会觉得好笑了。

头和屁股都在我们一个身体之上，哪样也不能缺。口腔和肛门是消化道的两端，更是哪头也不能出问题。让我们平等对待自己身上的所有器官。

67

抽水马桶即恭桶，在国外一般都叫toilet，据说源于法文，在英美有叫成commode的，我曾问一个美国人，为何叫 commode？他没从字头、字尾的构成上对我解释，却说："也许是从它的发明者康明斯的名字转化来的吧。"康明斯（Cummings）于1775年获抽水马桶的发明专利，自那以后的二百多年里，抽水马桶基本上没改变根本的原理和结构。

抽水马桶的发明，对人类的意义并不亚于火箭、导弹的发明，真用发明者的名字称呼，也并不可笑。

这还不是"莫以善小而不为"的意思。在我们的观念中，应将排泄一类的事情提升到与制造美酒佳肴同等重要的位置来考虑，例如城市的地下排水设施，应与城市表面的栽花种草同等重视；工厂的"三废"（废水、废气、废渣）处理，应与其产品的高质优美包装同等重视；居民楼的垃圾倾倒、集中与运走的功能，应与其供水、供电、供暖功能同等重视……凡此种种，都兹事体大，善莫大焉！

68

儿童怕鬼。

少年怕强盗。

中年怕"知人知面不知心"的"笑面狼"。

老年怕孤独。

69

儿童怕天黑。

少年怕噩梦。

中年怕夜短。

老年怕夜长。

70

有兴致才读书。

有兴致才去看画展。

有兴致才进电影院、剧场。

有兴致才听音乐。

有兴致才自奏或自唱或自奏加自唱。

有兴致才同亲朋聊天、侃大山。

有兴致才外出旅游。

有兴致才同旅途中的陌生人搭话交谈。

有兴致才怀旧，才想办法与久不联系的老同学、老相识重建联系。

有兴致才画画，才练习书法。

有兴致才在工余写诗、写小说、写散文或其他忽然想写的文字。

有兴致才请朋友来家里做客，也才去串门。

71

作为一种文化的生活方式，总是要从富裕的地方朝比较不那么富裕的地方流动。

比方，由于珠江三角洲在改革开放以后比较早而且比较普遍地富裕起来，因此，粤菜开始在北方大行其道，原本北京人是不怎么赏识粤菜的，除了鲁菜和川菜，连淮扬菜都不大吃得开，街上只有很少数量的粤菜馆。如今呢，却几乎每条街上都有不止一家标榜"特请广州名厨主理"的经营"游水海鲜"的粤菜馆，而豪华型的高档粤菜馆的数目似乎也已超过了烤鸭店；许多并不专卖粤菜的饭馆也学着广东饭馆的做派，顾客一坐下来先上茶，而且送上的第一道热菜必是羹汤。

原来，北京街上只有理发店，如今到处是粤式的发廊、美发屋，标榜的都是"特请广州技师""蒸汽油，七彩享受"。

T恤原非北京人所惯穿的衣衫，以往的北京人包括年轻人亦很少有名牌意识，如今一入夏季几乎满街T恤，而且年轻人都懂得"梦特娇""稻草人""彪马""鳄鱼"等等品牌，有的还很能辨别真货和水货。

1949年以前和那以后好长一段时间，起码穿衣方面的时髦标准，是朝上海方面看齐；20世纪80年代以后，连许多上海人也甩头朝广东看了。有人说其实时髦标准来自香港，是香港文化流向广东再朝北浸润，不仅穿衣如此，吃饭如此，美发如此，像歌厅舞榭的兴起，都是这样一个源头和流向。

时下北京多到令人瞠目的豪华饭店和"卡拉OK"，则绝非香港文化。我去过香港，进过香港的半岛酒家、香格里拉饭店等豪华饭店，感觉不仅数量上远比不上北京，其超豪华的气派也在若干北京拔地而起的饭店之下；"卡拉OK"在香港我简直就没见到过，那是从日本流传过来的一种大众娱乐的俗文化，1981年去日本，进过东京的"卡拉OK"，不过印象中似乎未必有如今北京这样多，在欧洲和美国，据说简直并没有"卡拉OK"这种东西。

这真是奇观：从富裕的地方流向不那么富裕的地方的生活方式，如超豪华饭店，如"卡拉OK"，竟不仅"水流平"，而且这边反倒比那边浪头高。

还有可口可乐和雪碧、肯德基、星球大战玩具、牛仔衫裤、洗水衫裤等等美国产品，也汪洋恣肆地流进了北京。美国肯德基在全世界有数千家以上的连锁店，最大的一家在北京，自开张以来，生意兴隆不衰。还有一家"加州牛肉面大王"，想来该是华侨在美国加州卖中国牛肉面发了家，现在"外转内"，排队吃那牛肉面的顾客很有享受到阳光普照的加利福尼亚风味的"洋感觉"。

这确乎是超出好不好、行不行、愿意不愿意、喜欢不喜欢的一条规律：除非你不开放，只要你开放，就生活方式而言，富裕处的那种俗文化便会率先朝你这里流淌过来。

72

当我们批判一个人，说他不爱国的时候，常常从这个角度说——看，外国人在什么报纸什么刊物什么书本上夸他了，资产阶级的舆论工具怪声叫好，问题还不严重么？

当我们表扬一个人，说他如何为国争光时，也常常从这个角度说——看，外国人把他的成绩载入权威性的《世界名人录》了，给他颁了奖或授予什么学位什么称号了，在什么报纸什么刊物什么书本上给他好评了，他为祖国赢得了声誉，多么光荣啊！

其实，前面批判某人时所指出那些西方舆论工具固然属资产阶级性质，后面表彰某人时所列举的那些标志，又何尝是西方无产阶级或马克思主义者所授予呢？即如我们报纸新闻中多次提到的英、美几种《世界名人录》，就我所知，编撰都相当严谨，但你要究其性质，那么，对不起，当然都是资产阶级性质，而且是正宗老牌。

西方同一份报纸，我们一会儿引其中一篇文章，说他表扬某中国人是"怪声叫好"，以证明此人糟糕；一会儿引另一篇文章，说他讽刺抨击某中国人，"连外国人都说他不好"，亦可见该人之差劲。而我们引出文字说明某中国人为国争光争气的例子，往往又也出现在同一份西方报纸上。

一个中国人该批判你就直接批判，一个中国人该表扬你就直接表扬，除非有特别的原因。我以为不但不必引西方人的话为立论依据，就是作为旁证，也大可不必。

73

一个中国人被西方权威的《世界名人录》收入，我们的报纸当然可以并应当报道。这是一桩中外文化系统中值得一提的事。这说明西方在注意我们，在搜集有关我们的资料。但不必在报道中给人这样的印象：似乎这一收入就意味着达到了"世界水平"，或一定比未收入的同一行业的中国人成就高名气大。这不应成为一个了不得的标志。并且，据我所知，由于长期缺乏交流和了解的历史原因，由于搜集资料方面存在的种种技术困难，西方编撰《世界名人录》的人士尽管心存良善且进行了不懈的努力，他们对中国以及其他一些发展中国家各行业人士成就的了解，仍不免相当地片面与主观，所以不仅挂一漏万，而且往往不甚准确。

一定要同西方交流。

一定要破除对西方的迷信。

74

30年前，我参观过一个轻工业展览会，会场上布置出了一个房间，里面一切物品都是塑料制成：从墙壁、窗框、窗帘，到桌椅、茶杯、茶壶、饭碗、面盆、水桶、糖缸、烟碟、灯罩……当时不仅是我，几乎所有围观的人都啧啧称奇，无比艳羡；我回到家里，还津津乐道地对家人说："……那些东西全是用化学合成方法制造的，神了！要是有一天，咱们家用的也都达到那个水平，该多美呀！"

前些时候，有幸到一家豪华饭店赴宴，去之前，就听说宴请将在一间西方客最欣赏的特殊房间里进行，我走进去一看，原来整个房间的六个立面都用原木镶成的，桌椅也都用原木制成，保其纹理，并不刻意修饰，桌上的餐巾全是手织粗布，盘碗筷子都用真的松木刨剜而成，其他餐器或粗釉陶器，或竹筒截割，餐厅里的装饰品，或藤编图腾，或稻草工艺品，乃至蓑衣蓑帽、瓦釜土瓶……

真是"三十年河东，三十年河西"。有人告诉我，30年前西方正处在工业化社会的盛期，所以把享受工业技术最新成果作为最高时髦，而如今西方已经处在"后工业化社会"，人们反把享受原始的、质朴的、未经工业化"污染"的、手工艺的自然材料制成的东西，当作最高档的时髦做派。

中国似乎还未进入"后工业化"状态，但中国实行开放，因而西方最新的时髦浪潮也涌进了中国，不少中国人也激赏从非洲木雕到湖南傩戏面具等一系列的原始味的手工艺品，也总对塑料制品提心吊胆怕用久了中毒，也懂得在挑选罐装饮料时注意它是否标明了"不加添加剂"，懂得吃药最好吃用纯生物制剂制成的药而尽量避免化学合成的药品，也开始鄙弃一度视为高档物品的"的确凉"而追求百分之一百"康申"（全棉）的衣衫，也开始理解混纺的毛衫尽管华丽多彩终归还是不如有全羊毛标志的单色毛衫高贵……

工业化社会消费的时髦心理是："别人已有了，我也得有！"中国大体而言尚处在此状态中。许多中国人购买21英寸以上的直角平面电视机以及多功能的录像机，并不一定是自我的实际需求，而是因为"人家都买了"……

"后工业化社会"消费的时髦心理是:"我要尽量同别人区别开来,我要买到跟别人不重样的东西,最好是'只有这一件'的东西。"难怪非批量生产的时装和"只此一件"的手工艺品标价令人咋舌。

再过30年,"后后工业社会"又将如何呢?不知道。也许绕一圈,又回到前30年的某种趣味上。

尽管很难,我以为一个中国人应当不受上述所谓"世界性消费潮流"的宰制,而完全根据自己的实际收入状况和实际需求以及自己的真实趣味,去选择自己的消费品。

75

据说西方某国破世界纪录获金牌的游泳运动员的教练自己并不会游泳。

又据说西方某国高薪聘请的足球教练能训练出夺金杯的球队,自己却简直不会踢球。

这说明世界上各种行业各个学科都已走向分支化、精微化、尖端化,游泳教练与游泳运动员是两种职业,足球教练与足球运动员也是两种行当,再不要把他们混为一谈。如今医院里一位临床经验很丰富的内科大夫,他可能就完全不能操纵B超机或CT机给人查验,检验与治疗已分化为两个相对独立的医学部门。

过去人们常常嘲笑一个知识分子"四体不勤,五谷不分",

一个大学生分不清麦苗和韭菜会被视为天大的笑话和不能原谅的耻辱。那是因为过去的中国基本上是一个农业社会，一切知识都围绕着农业旋转运作，在一个以农为本的社会中，知识分子不懂农耕，分不清麦苗韭菜兰草，当然是个浑蛋。但现今的中国，农业固然仍是基础，却已全方位地进行着快速的发展，就是农业本身，也日渐机械化、科学化，一个专门研究作物学的知识分子分不清麦苗韭菜固然不应该，一个专门研究机械铸造的工程技术人员就无妨分不清，一个专门研究"哥德巴赫猜想"的科学家只要他在那研究项目上有所推进，他就是再分不清更多的农作物，我们也不必讶怪更不应责备。

　　倒是懂不懂外语，会不会操纵电脑、编制电脑程序，渐渐成为替代"分不分得清麦苗韭菜"的新标志，以衡量一个知识分子"够不够格"了。面对这一新的现实，无论我们有何感想，乃至反感和愤懑，却也不得不——尽量攻下一门外语（尤其是英语），尽早熟悉电脑！

76

　　多次对自己说：一定要追求美，却一定不要追求完美。

　　那道理其实很简单，因为自己的存在，从本原上探究，就已经不完美。比如说，眼睛太小。即使去做割双眼皮的美容手术，恐怕也还是不能"人人见了皆以为美"。

　　更何况，在以往的生活道路上，留下了，不说是很多吧，却也有相当数量的，其中有的还可以说是触目惊心的过失。尽管大体上而言，从外在方面说都已画了句号，从内心方面说都凝结出了教训，可是，一切不能抹掉重来，自己的生命历程已然不完美。怎么办？因为已经不能完美，就索性沉沦，或干脆把自己毁掉么？

再往细处推敲，自己的性格就不完美。倘若说作为一个社会人，所需的道德可以修炼到完美，但自己的生命还有非社会性的因素，比如说性格即为其一，性格是很难改造的，尤其是性格里那最核心的东西，也许是由染色体所命定的，根本改不了，改了也就没有"自己"了；如果说自己意识到，性格有明显弱点，从而陷于焦虑，那么，"活着，还是死去？"整个儿不成了个哈姆雷特了，除了在悲剧中死去，别的出路在哪里？

人一定要尽可能地接近美、进入美。契诃夫借《万尼亚舅舅》剧本里一个人物的嘴宣布："人的一切都应该是美的：面容、衣裳、心灵、思想。"但那个人物，我记得是个乡村医生，他很有品位，不俗，却也有很明显的缺点，他说那话，恐怕也主要是激励自己和别人，尽可能向往美、融入美，而并非在发表"完美主义宣言"。

可以宣喻美的必要，但不要发表"完美主义宣言"。这是我的一个很朴素的想法。

倘若要不要完美，仅仅是针对自己，在那里焦虑，倒也罢了。如果要把必须完美的想法施之于他人，那可就麻烦了，甚至于会派生出非常可怕的思路。

尤其是，先设定自己完美，然后以己度人，结果发现周围的生命存在，用"芸芸众生"形容都太宽容了，必称之为"臭鱼烂虾"，甚至视之"如蝇"，那思路可真是令人不寒而栗。

光是停留在思路，或将这思路撰成"美文"，或许还不失之为多元文化格局中的一种"异彩"；倘越过这一步，进入到操作，那可不得了，被判定为"臭鱼烂虾"和"蝇类"的，恐怕只能像当年奥斯维辛集中营的被判定为"劣等人种"的犹太人一样，遭受屠杀！

自己设定自己完美，是容易的，但他人却不一定都承认你完美。承认的，怎么都好办，或奖赏鼓励，或抚慰宽恕，或不动声色，或竟嗤鼻对之："谁要你来凑趣！"不承认的，可就难办了。

尤其是某些不仅不承认，还公然指出自己缺点的人，为维护自己的完美尊严，那就必须弹压、荡灭！而在当今世界上，把不完美的异己者压服、消灭，竟空前地困难。

完美，是一种乌托邦。

乌托邦作为一种向往，能激励我们去接近美。心想乌托邦，书写乌托邦，吟唱乌托邦，都是人类精神生活里很必要的成分。乌托邦向往是许多中外古今文学艺术作品的灵感源泉。

但是，把乌托邦付诸实际操作，而且是急于求成的操作，那极有可能会酿成灾难。

对此，我们应当警戒。

77

　　没有珠走玉盘般的华贵思绪，只有宛如干豆荚裂开后蹦出豆粒那样的一些零星感想，灯下拾豆，居然也成一钵，敝帚自珍，存以备用——或煮食，差可强身；或播布于土中，则生根发芽，蹿藤举荚，再生鲜豆，亦未可知！

穿透遮蔽的努力

世道人心是不能量化的

——对话《解放日报》记者

解放周末：进入大数据时代，似乎一切事物都可以用数据衡量。您觉得这是不是一件好事？

刘心武：数字化几乎已经渗透到各个方面，大到航天技术，小到我们的日常生活，比如我们用光盘听音乐看电影，那些曼妙的声音、绮丽的画面其实全是一连串数字记录的回放，量化的程度越高越细，效果就越好。

无论是整个社会的发展还是我们自身生活质量的提升，进入自觉、严格、细致、准确的量化程序，得以用数字化体现出来，这都是可喜的。

解放周末：但当人们都在为大数据时代的到来而欢欣鼓舞时，您却在一篇杂文中泼了冷水，指出很多人现在陷入了一种新式社会病——"量化焦虑"。

刘心武：所谓一则以喜、一则以忧，凡事有喜必有忧。量化带来的喜不必多言，忧的则是当量化渗透到社会各个毛细血管后，就使得一些人形成了数据迷恋，做什么事都进入一种思维定式、取舍模式。就像我写过一篇叫作《一把米有多少粒》的文章，讲一个老太太要煮饭，她抓了一把米，可老觉得要数一数这一把米到底是多少粒，她才能指挥保姆煮饭要用多少米，这就很荒谬，成了一种病态心理了。

解放周末：这个例子很夸张，但现实生活中确实不少人存在一种数据依赖，比如出门穿什么衣服不是到外面亲身感受冷热，而是依靠"穿衣指数""阳光指数"；一天过得好不好也不是问自己的内心，而是看"幸运指数"如何。

刘心武：能不能万事都依靠数据，都量化？我看不合适。就像过去看病，没有现在这么现代化的条件，医生基本都得先给你测体温、量血压，拿压舌板看喉咙，用听诊器听一下前胸后胸，然后再问一些基本情况，跟你讨论讨论，最后再做诊断。现在这样的程序很多都没了，更多是靠化验、靠机器检查，更加追求用数字和指标来诊断。虽然这样更为直观，可有时候一圈检查下来，也让病人感到挺吃力、挺折腾。特别是一些通过问诊可以判断的小毛病，好像现在不经过那些机器的检查检测，拿不到数据，就没办法诊断了。说实话，我这一代人还不太习惯，总觉得缺了点什么。

解放周末：数据有用，但它是没有温度的，替代不了人与人之间充满温情的交流。

刘心武：所以不能什么都量化，人的生存不是都在量化的覆盖下，还有很多非量化领域。

解放周末：在您看来，哪些是不能量化的？

刘心武：最不该量化的就是情感，情感要是都量化了那是最糟糕的。就像爱情这种情感，你不能光用"星座配对指数"来判断俩人在一起合适不合适吧，也不能用爱你的人给你买了多大的房子、送你多贵的车子、为你花了多少票子来衡量人家对你的爱有多深吧。

情感里面蕴含着很多微妙、难以量化的因素。我们想象这样一个场景：一对年轻的父母站在婴儿床前，孩子睡着了，他们先看看孩子，然后两个人对望一眼，之后再看看孩子。这是人类生活中很常见的一个画面，你怎么量化？这不光是他们两个眼神交流中短暂的一瞬，它把恋爱、婚姻、生育中的美好的东西，全都集中体现出来了。如果你一天到晚都在算计、在量化，忽略了这些非量化的东西，夫妻间就只剩下吵嘴或是讨论钱的问题，就会错过人生的很多美好。所以在情感领域，要尽量排斥量化，享受那些非量化的美好，这是非常重要的。说实话，在这个领域里面，我们失守的空间、阵地太多了。

解放周末：著名哲学家任继愈先生也曾提出，不是什么都可以量化，比如《红楼梦》写一个女子的外貌，不能说眼睛多少厘米，鼻子多高，腰围多少。

刘心武：这就说明不光情感领域，在审美领域里，很多东西也是不能量化的。

而现在比较让人忧心的是，因为追求量化刺激，很多人正在丧失审美愉悦。我与一些年轻人聊天，他们中的很多人都喜欢打电子游戏，我就问，他们的快乐是怎么来的？他们告诉我，他们的快乐就在于不断地赢得网币，还有游戏中的排名。这两样全是量化的东西。

解放周末：这种量化带来的快乐往往是短暂的。

刘心武：相对于审美愉悦来讲，也是浅层次的。十多年前，我和老伴到巴黎卢浮宫参观。当我们站在米洛斯的维纳斯雕像面前时，老伴激动得不得了。那时她快60岁了，居然双脚轻轻一蹦，两手一拍紧紧握住，然后就一动不动地盯着雕像，活像个小孩儿。因为她从小就在书里、影像资料里看维纳斯石雕像的图像，终于有一天她真的站在了原作面前，你想她的那种快乐、那种欣喜，能用数字来衡量吗？那完全是一种非量化的审美经验。这也成了她去世以后，我回忆她的一个亮点。

还有一次，我在博物馆看古瓷器展览，就听到有人不断问"这件值多少钱""那件值多少钱"，顿时败兴。要知道，在审美领域很多东西是无价的、是非量化的，在审美的时候，"无价的"应是第一个门槛。

解放周末：其实隐藏在这种量化追求背后的是一种功利心。就像有时人们读文学作品，首先考虑的可能也是"这本书是畅销书吗""这个作品得过奖吗"这样的问题。

刘心武：这不是读书的前提，只可以作为一个参照。现在自己从各种读物当中做出审美判断的人越来越少，这本书得了多少奖啊，发行量是多大啊，作家在富豪榜上排名第几啊，往往都被这些东西牵绊住了。

解放周末：还是要多想多做一些看似无用的事。

刘心武：这就涉及另一个不该也难以量化的领域——哲思领域。哲思、形而上对很多人来说都没有用。形而上其实不是哲学家和学者的专利，对于普通人来说，有时候也需要静下心来，运用哲学思维好好想一想，"活着是为了什么""我死的时候会不会有遗憾""要怎么做才会少些遗憾"。

让我特别郁闷的就是，现在有的文化消费品一点哲思都不提供。比如，电视剧写宫斗、职场竞争，宣扬丛林原则，讲的都是"怎么上位""怎么排他""怎么争宠"，这些当然也是社会生活的一定反映，有其部分合理性，但也不能都是这些东西吧。

解放周末：做什么事都用量化思维的话，结果可能就是像您说的这种哲学思考的空间都被实用主义、工具主义挤压了。

刘心武：我有时候会到学校里给大学生讲《红楼梦》，他们的一个普遍性的思维误区就是，一本《红楼梦》养活那么多人，研究者啊、推广者啊，太可笑了。我总会听到有人问："《红楼梦》能当饭吃吗？""你研究《红楼梦》能解决失学儿童的问题吗？"

饭是可以量化的，一日三餐，一顿吃几碗，能摄入多少蛋白质、多少纤维，折合成多少卡路里，这些都能算出来。可问《红楼梦》能当饭吃吗，这种思维却是十分有害的，因为它是单一的价值判断标准，就是实用性。有些东西的价值难以量化，却往往比能够量化的更有价值。

解放周末：前些时候，网友评选出了让人"死活读不进去的十本书"，《红楼梦》竟高居榜首，是不是这也和量化思维有一定关系？

刘心武：这件事我觉得一点不奇怪，我不要求所有人都来读经典。现在人们倾向于选择娱乐消遣式的文化消费品，这是可以理解的，因为社会竞争激烈，压力都很大，适度放松，不能苛求。

对这个话题，前一阵子王蒙先生也说过，"读不下《红楼梦》是读书人的耻辱"。他的话很重，我不是很同意他的说法。我觉得读不下去就不读算了，这不是耻辱；但是如果不尊重它、不敬重它，这是我不允许的。你可以不读，但你要懂得这是一个用我们母语写出来的整个民族的经典文本，你的血管里流的是祖先传下来的这种文化内涵。

2000年，英国的英中协会请我去伦敦图书馆给伦敦市民讲《红楼梦》，那是一场公益演讲，来了一百多个人，算挺多的。有一对老年夫妇，先生是邮局职工，太太是护士，他们后来跟我说："听说曹雪芹是中国的骄傲，《红楼梦》跟莎士比亚的戏剧一样伟大，我们想了解中国文化最有代表性的东西，坦率来说，今天你讲的这些我们听不太懂，但我们心里涌动着一种对你们文化的尊重和敬畏。"

解放周末：您讲的这件事让我想起来，前年英国搞了一项民意调查，评选最让英国人感到自豪的"英国符号"，结果莎士比亚得票最多。

刘心武：这就说明了文化在这个国家的地位。再讲一件事，我有一次在伦敦大学的校园里散步，碰到一个学生就随机问了他一个问题，我说："英国养这么多研究莎士比亚的专家，你觉不觉得荒谬啊？"这个人听完神情很奇怪，觉得我是一个怪物，他说："莎士比亚是我们英国的骄傲啊，原来有一位贵族说过，宁愿失去国土，也不能失去莎士比亚。这是英国人的共识，没有讨论的余地。"然后我问他喜欢读莎士比亚的作品吗，他的回答跟我们那个"死活都读不进《红楼梦》"几乎一样，他说有的作品他也读不进，但是你要说莎士比亚不好他就会跟你拼命。再反观我们自己呢？差距真不小。

解放周末：您刚才提到了三个不能量化的领域，情感领域、审美领域、哲思领域。如果在这三个领域都搞量化，会有什么不好的影响？

刘心武：这三个领域都是我们生而为人应该进入的领域。现在有人完全就是在世俗领域里面生存，一生这样度过是很划不来的。情感都量化了，就没有真正的情感了，没有纯洁的情感了；审美都量化了，你就永远不懂得什么是美；哲思都量化了，人就成了空洞的工具，活着的意义就丧失了。我们生活在量化的环境当中，很容易忘记还有非量化的、宝贵的东西，我希望今后我们能少丢失，有的还要把它找回来。

还有一点，我们不是单独生存的，我们总是要和他人、群体共同生存，这其中的世道人心也是不可量化、不易量化，也不必量化的，量化之后反而会妨碍你把它看透彻。你说良心多少钱一两？道德多少钱一斤？这些能称重定价吗？

解放周末：不能机械地量化，否则就会被数字牵着鼻子走，陷入量化焦虑。

刘心武：量化是有必要的，而且有的量化也无法抗拒，它很强大。但我们自己要有非量化意识，情感、审美、哲思，没人强行束缚你，这些都是我们自己在丢失。参观博物馆时，是我们自己总在那儿想这个值多少钱，所以还是要自己走出这个误区。

解放周末：怎么才能走出来呢？

刘心武：还是要多做一些"无用"的事。就拿我来说，父母给我的教育里就有很多宝贵的东西。比如在我家，经常是父亲拉胡琴，我唱京剧，大家一起聊《红楼梦》，一家人去看戏、看电影，回来以后讨论，偶尔也有哲思空间，大家议论一下生老病死等终极的问题。

即使在阶级斗争最厉害的时期，只要有机会，有展览我一定要去看，有音乐会一定要去听，有戏剧演出一定要去观赏。当时我们国家对外国古典文学的翻译控制得很严，翻译的作品出一本我就想办法读一本，比如巴尔扎克、雨果、契诃夫、托尔斯泰等大文豪的作品，还有《红楼梦》，我都是很小的时候就读了。有了这些文化的滋养和积淀，就不管外界怎么阴雨晴雪、世界如何焦躁不安，还是会守住内心的一些东西。

解放周末：守不住，就容易陷入焦虑。

刘心武：自我过分量化，当然会焦虑了。为什么我们现在感觉比以往更常有焦虑感？仔细审视便会发现，我们所焦虑的几乎全是可以量化的东西，而且焦虑的具体思维模式，也是十分数字化的。

人们老怕自我量化的结果是一个劣等生，总是担心社会的大戏院已经客满，自己找不到座位；有时候虽然有座位，但又想着坐前排、坐包厢、坐贵宾席。

解放周末：这种量化焦虑似乎已经成了一种普遍的社会心态，结果越比越焦虑。

刘心武：一位熟人跟我说，他一度曾为自己的住宅里只有一个卫生间，而昔日有的同窗家里却享有两个甚至两个以上的卫生间而陷入自惭形秽的焦虑。但一次他却在仍住在胡同杂院、如厕还需出院的一位同窗家里，感受到了其家人间无法用数字量化的那种温馨亲情。之后他就醍醐灌顶般清醒过来，再不让几个卫生间之类的量化焦虑破坏自己的心情。

在数字化时代，一个人在精神上能自觉地保持些不必也不可量化的、与数字无关的情愫，那真是一种福气。而且，这样的人多起来，人际间也就不必将一切都加以量化了，这样才能氤氲出以情感和诗意交织的非量化因素，我们的生命也才会因此获得更高层次的尊严和美感。

人在胡同第几槐

58年前我跟随父母来到北京，从此定居此地再无迁挪。

北京于我，缘分之中，有槐。童年在东四牌楼隆福寺附近一条胡同的四合院里居住。那大院后身，有巨槐。来北京之前，父母就一再地说，北京可是座古城。果然古，别的不说，我们那个大院的那株巨槐，仰起头，脖子酸了，还不能望全它那顶冠。树皮上不但有老爷爷脸上那样的皱褶，更鼓起若干大肚脐眼般的瘤节，我们院里四个小孩站成大字，才能将它合抱。巨槐春天着叶晚，不过一旦叶茂如伞，那就会网住好大好大一片阴凉。最喜欢它开花的时候，满树挂满一嘟噜一嘟噜白中带点嫩黄的槐花。于是，就有院里还缠着小脚的老奶奶，指挥她家孙儿，用好长好长的竹竿，去采下一筐箩新鲜的槐花，而我们一群小伙伴，就会无形中集合到他们家厨房附近，先是闻见好香好香的气息，然后，就会从那老奶奶让孙儿捧出的秫秸制成的圆形盖帘上，分食到用鸡蛋、蜂蜜、面粉和槐花烘出的槐花香饼……

父母告诉我，院里那株古槐，应该是元朝时候就有了。元朝是多少年前呀？那时不查历史课本和《新华字典》后头的附录，就不敢开口。反正是很久很久以前。随着岁月的推移，古槐在我眼里，似乎反而矮了一些、细了一轮，不用四个伙伴合围，两个半人就能将它抱住——原来是自己和同龄人的生命，从生理发育上说，高了、粗了、大了。于是，我头一次有了模模糊糊的哲思：在宇宙中，做树好呢，还是做人好呢？树可以那样地长寿，默默地待在一个地方，如果把那当作幸福，似乎不如做人好，人寿虽短，却是地行仙，可以在一生里游历许多的地方，而且，人可以讲话，还可以唱歌……

果然我后来虽然一直定居北京，祖国的三山五岳也去过一些，海外的美景奇观也看到一些，开口说出了一些想出的话，哼出了一些出自心底的歌，比那巨大的古槐，生命似乎多彩多姿，但搬出那四合院了，依然会在梦里来到那巨槐之下。梦境是现实的变形，我会觉得自己在用一根长长的竹竿，吃力地举起——不是采槐花，而是采槐花谢后结出的槐豆——如果槐花意味着甜蜜，那么槐豆就意味着苦涩。过去北京胡同杂院里生活困难的人家，每到槐豆成熟，就会去采集，我的小学同学，有的就每天早上先去大机关后门锅炉房泄出的煤灰里，用一个自制的铁丝扒子扒煤核，每天晚上做完功课，就举着带铁钩的竹竿去采槐豆，而每到星期天，则会把煤粉合成煤泥，把槐豆铺开晾晒——煤泥切成一块块干燥后自家烧火取暖用，槐豆晾干后则去卖给药房做药材……在梦里，我费尽力气也揪不下槐豆来，而巨槐顶冠仿佛乌云，又化为火烫的铁板，朝我砸了下来，我想喊，喊不出声，想哭，哭不出调……噩梦醒来是清晨，但迷瞪中，也还懂得喟叹：生存自有艰难面，世道难免多诡谲……

院子里的槐树，可称院槐。其实更可爱的是胡同路边的槐树，可称路槐。龙生九种，种种有别。槐树也有多种，国槐虽气派，若论妩媚，则似乎略输洋槐几分。洋槐虽是外来，但与西红柿、胡萝卜、洋葱头……一样，早已是我们古人生活中的常客，谁会觉得胡琴是一种外国乐器、西服不是中国人穿的呢？洋槐开花在春天，一株大洋槐，开出的花能香满整条胡同。还有龙爪槐，多半种在四合院前院的垂花门两边，有时也会种在临街的大门旁边。

北京胡同四合院树木种类繁多，而最让我有家园之思的，是槐树。

东四牌楼（现在简称东四，一些年轻人简直不知道是什么意思，我宁愿永远不惮其烦地写出这个地方的全名）附近，现在仍保留着若干条齐整的胡同。胡同里，依然还有寿数很高的槐树，有时还会是连续很多株，甚至一大排。不要只对胡同的院墙门楼木门石墩感兴趣，树也很要紧，槐树尤其值得珍视。青年时代，我就一直想画这样一幅画，胡同里的大槐树下，一架骡马大车，静静地停在那里，骡马站着打盹，车把式则铺一张凉席，睡在树荫下，车上露出些卖剩的西瓜……这画始终没画出来，现在倘若要画，大槐树依然，画面上却不该有早已禁止入城的牲口大车，而应该画上艳红的私家小轿车……

过去从空中俯瞰北京，中轴线上有"半城宫殿半城树"一说，倘若单俯瞰东四牌楼或者西四牌楼一带，则青瓦灰墙仿佛起伏的波浪，而其中团团簇簇的树冠，则仿佛绿色的风帆。这是我定居58年的古城，我的童年、少年、青年、壮年的歌哭悲欢，都融进了胡同院落，融进了槐枝槐叶槐花槐豆之中。

不过，别指望我会在这篇文章里，附和某些高人的高论——北京的胡同四合院一点都不能拆不能动，北京作为一座城市正在沉沦……城市是居住活动其中的生灵的欲望的产物，尽管每个生灵以及每个活体群落的欲望并不一致甚至有所抵牾，但其混合欲望的最大公约数，在决定着城市的改变，这改变当然包括拆旧与建新；无论如何，拆建毕竟是一种活力的体现，而一个民族在经济起飞期的亢奋、激进乃至幼稚、鲁莽，反映到城市规划与改造中，总会留下一些短期内难以抹平的疤痕。我坚决主张在北京旧城中尽量多划分出一些保护区，一旦纳入了保护区就要切实细致地实施保护。在这个前提下，我对非保护区的拆与建都采取具体的个案分析，该容忍的容忍，该反对的反对。发展中的北京确实有混乱与失误的一面，但北京依然是一艘不沉的航空母舰，我对她的挚爱，丝毫没有动摇。

最近我用了半天时间，徜徉在北京安定门内的旧城保护区，走过许多条胡同，亲近了许多株槐树，发小打来手机，问我在哪儿。我说，你该问：岁移小鬼成翁叟，人在胡同第几槐？

有杯咖啡永远热

因为城里家事烦冗，多日未到乡间书房，那天抽空去了，还没走拢，就发现书房外的小花园呈现荒芜状态，灌木长疯了，玉兰树被牵牛花藤缠绕，野草丛生，仿佛提醒我今夏雨水是如何丰沛。

走拢栅栏，吃惊不小。实际是我让里面的一个生命吃一大惊。那是一只猫。它吃惊，是因为不曾想我的出现。我吃惊，倒不是因为在意野猫进入我的小花园，而是瞬间以为那是一种灵异现象——难道，狸狸竟然复活了吗？

我家两只爱猫，一只纯白蓝眼长毛波斯猫、一只脸部和前后身花狸其余部分纯白的短毛猫，前者名睛睛，后者名狸狸，前些年相继去世后，都以锦匣葬在了这小花园里。眼前的这只警惕地趴伏着瞪视我的花狸猫，酷似狸狸啊！它怎么不马上跑开呢？啊，明白了——我发现它身后有四只小猫，显然，那是它的子女，大概还没断奶，作为一个母亲，它不能丢下小猫自己逃开。我更加吃惊，因为那几只小猫，两只纯白，一只浑身花狸，一只与母亲相同是身上除了花狸毛还有纯白部分，这就说明，它们的父亲，应该是一只纯白的公猫，呀，难道睛睛和狸狸全都复活，而且婚配，在此产下了后代吗？

我蹑手蹑脚离开小花园，绕到另一面进入书房，立即往城里打电话，告诉老伴所看到的异象，她激动不已："你怎么光看到狸狸？睛睛呢？"我跟她说："我们的睛睛狸狸应该还都在地下安息，你别忘了，它们都是公猫。一定是有只酷似睛睛的公猫，跟这酷似狸狸的雌猫，生下了四个宝宝，而公猫对小猫不负责任，早不知跑到哪里去了，只剩下猫妈妈带着猫宝宝在那小花园里安家。不过，巧合得实在神秘！"老伴感叹之余，立即给我几条指示："不要吓走它们！不要清理花园！立刻去给它们准备猫窝、猫粮和饮水盆！"我很快一一落实，可喜的是猫妈妈看出我的善意，没有带着猫宝宝转移。

入夜，我从窗隙朝外望，不见小猫，但猫妈妈在吃猫粮，心中祈盼它们能长久在花园中定居。用音响放送出柔曼的曲调，我在落地灯光圈里翻阅女作家苏葵寄给我的散文集。苏葵多次到世界各地"自由行"，我非常羡慕。"自由行"需要一定的经济条件、兴致和体力自不必说，最好还具有外语对话的能力，苏葵不仅这几个条件全都具备，还有一颗敏感的心和一支绣花针似的笔，我最欣赏她抛开一般游记介绍名胜古迹或做些中外对比的套路，而从"凡景""琐事"里勾勒出人情之美的那些细腻舒缓的文字，比如她写到佛罗伦萨小巷中一对老人牵手同行停下轻吻的场景，感悟人生中"相依"的易与不易。苏葵把这个集子命名为《咖啡凉了》，在最后一篇文章里对世道速变发出惆怅的喟叹，我虽有所共鸣，却不由得产生了逆向思维。

我在灯下想到窗外"复活的狸狸",想到狸狸的来历。21年前,我遭遇人生中最大挫折.这时,确实有许多杯咖啡立马凉了,甚至凉咖啡也拿走了。这很正常,不应抱怨。但就在这样的时刻,有杯热咖啡送到了我的眼前:同事带来一个纸盒,说是杨学仪师傅送给我的,纸盒里是一只幼猫,后来被取名狸狸。杨师傅知道我爱猫,知道我在遭遇挫折后因为心烦意乱,家里走失了爱猫,他就用送猫来表达他那热辣辣的安慰。

那时杨师傅已因病休养。他在杂志社为主编开车,几年里是越开主编年龄越小,先是接送李季,那时候六十多岁,比他大,后来是王蒙,五十出头,比他小,到我坐进车里时,他奔六十而我只有四十四岁,开始我们俩都感到尴尬。他为王蒙开车时,西服革履十分气派,而那时的王蒙穿着还很随便,有时到了某场合,他下了车,人家就簇拥上去把他当主编往里迎,他忙摆手指向王蒙,竟还有人坚持觉得他就是王蒙而在幽默。我不记得是在哪一天,经过我们双方努力,杨师傅跟我说:"咱爷俩可以交朋友了。"他竟为惹了祸的朋友送来了无言的温暖。那以后没几年杨师傅因病去世。

世事多变,咖啡会凉,但有一杯咖啡永远是热的,那里面满盛超越世态炎凉的宽厚与善意。

穿透遮蔽的努力

一位朋友跟我说，他现在一走进书店，就有些心慌，因为那满坑满谷、花花绿绿的各种新书，潮水般滚入他的眼帘，一本比一本装帧得漂亮，腰封上的宣传词一册比一册具有魅惑力，往往是，弄得他不知所措。到头来，他转过一圈，一本没买，怀着一种逃离喧嚣的心情，回到家里，静下心来，还是读自己书架上老早买来的，装帧朴素、纸已发黄的旧书。

作为一个自1978年以来，年年都在出书的作者，我自己，却越来越少上书店了。不过我的心情，与那位朋友，除了相同之处，也有不同之处。那不同之处，就是我懂得了，人的生存，我说的不是消极生存，而是积极生存，特别是以创造性的态度生存，那么，他所面对的，其实就是一系列的障碍，没完没了的遮蔽，而他的奋斗，也就是一个冲破障碍，穿透遮蔽的漫长过程。

我打小就热爱文学。很早就开始写作。也不能说自己运气多么不好，1958年，十六岁的时候，我就发表出了第一篇文章，是投给《读书》杂志的一篇书评。但是，我的写作和发表历史，是坎坷的。

我的少年和青年时代，写作，投稿，被视为"名利思想严重"，也就是"资产阶级思想严重"，投稿偶尔成功，鼓励的话很少，劝告我"不要不务正业"的话满筐满箩。冲破这样的障碍，是要付出惨重代价的。高中毕业考大学，虽然考分不低，却被排斥，后来因为师范类学校招不满，才又从落榜名单里挑出来，由北京师范专科学校补录。到现在，我这师专的学历，还时不时遭到某些人嘲笑。

但是，人在生活中失败了，我以为，只能是舔尽伤口上的血，继续自己的奋斗。没能上到北大中文系，但是可以打听到他们的课程，设法买到借到他们课程的相关图书资料，我就咬牙自学。不敢说是自学成才了，但通过自学，到现在，我可以说，至少是，没有不成才。

但是在我三十五岁以前的写作，实在难以用一句话说清。1977年，我抓住时代、社会所给予的机遇，尝试用自己的想法来写东西，结果就写出了短篇小说《班主任》。我写的文字第一次引起了轰动。

《班主任》是我的幸，也是我的不幸。幸的那一面不去说了。不幸在于，那以后，无论我再写出什么，也很难达到那样的关注度了。我被自己的《班主任》所遮蔽。穿透别人的遮蔽还比较好办，穿透自我遮蔽，那是非常困难的事。

但是，我的生命之水既然还在流淌，我就应该继续创造。

也还不能说，就一直被《班主任》遮蔽着，有那么几次，穿透了遮蔽，又让人们注意到我的存在。1985年，我刚发表的长篇小说《钟鼓楼》获得第二届茅盾文学奖。那一年中国足球第一次出现球迷闹事的"5·19事件"，《人民日报》在第二天头版发表评论员文章，意思是一定要严厉惩治这些"害群之马"，我却写出了《5·19长镜头》，为这些闹事的球迷说话，希望社会各界能理解这些年轻人，并对他们多些关爱。事隔20年，中国足球竟无长进，以至2005年的5月19日，中央电视台体育频道的一个专题节目，仍引用我那篇作品结尾的一段话，来概括他们那个专题节目的主题。紧接着，那一年我又发表了《公共汽车咏叹调》，也很轰动。

《曹叔》是我的长篇小说《四牌楼》里的一章。出版于1993年的《四牌楼》是我迄今为止自己最满意的一部作品。我研究《红楼梦》，正是写《四牌楼》那个时期起的头，我是想从曹雪芹那里学到些把生活原型化为艺术形象的本事。但是，直到如今，《四牌楼》仍是被遮蔽的状态，读它的人一直不多，但我仍有信心，相信总有一天，人们说起刘心武，不是马上想到《班主任》，而是能够提到《四牌楼》。

我就这样，挟带着自己人性的全部优点和弱点，走着自己的人生之路、写作之路。在我自觉地边缘化以后，也有一些年轻人不了解、不理解，比如，有的以为我"写不出小说了"，其实我一直在写小说和发表小说，年年有新作品问世，只不过没引起轰动罢了。如今的世道是，你不轰动，就几乎是等于不存在。常有人跟我问起某些同龄作家："他还写吗？"甚至于"他还活着吗？"其实人家常常有文章见报，活得好好的，我敢肯定，也一定会有人跟那些人问起我，问题雷同。不理解的就更多了，大体而言，有些年轻人，我不轻易把他们称作"愤青"，常常会对我不满，你当年不是写《班主任》的吗？你现在怎么不再次起那样的作用？甚至于，说出那样的话，就是：你为什么不敢当烈士？我理解问话者的心情，但我不奢望他能理解，我能如此这般地自觉边缘化，其实，也是很不容易的。我的边缘化，并不是放弃对社会的关怀，更不是离开了民众，恰恰相反，我远离热闹场，更多地深入到了底层，深入到了社会边缘人中，我这些年有一本随笔集，就用《边缘有光》作为书名。我年纪一天天大起来，能在边缘发出一点光，穿透遮蔽，达于喜欢我文字的读者的心里，就很欣慰。

2005年，因为在中央电视台《百家讲坛》录制播出了《刘心武揭秘〈红楼梦〉》系列节目，出乎意料地产生了比较大的反响，有的年轻人互相打听："刘心武是什么人？"有的不喜欢我讲座的就说："他上电视就是为了出名！"似乎我还没有尝到过轰动出名的效应。有的为我辩护，就说我28年前就出名了，许多文学词典和当代文学史上都已有词条专节，美国出版的剑桥中国史，从先秦一直写到中华人民共和国，写到改革开放时期，那里面谈中国当代文学的变化，对刘心武的描述和评价，翻译成中文占一个半页码，等等。对我的蔑视和比如说剑桥中国史那样地对我青睐，我照单全收，这都是我必须面对的，我的人生，躲避不了这些，也无须躲避，既不必无谓地谦虚，也不必愚蠢地自傲。我清醒地认识到，到头来，我所面对的，是诡谲的人性，期望任何人都对自己理解、给予善意，那是绝无可能的。萨特说："他人是我的地狱。"我一直不大服气，但现在要说，不幸被他言中。

话说回来，也一直有为数不算少的读者，仍然愿意读我写的东西。也有一些很年轻的生命，因为从2005年的电视节目里发现了我，而出于好奇，想看看我这样一个被称为作家的人，究竟写过些什么作品。

我没有什么奢望。经历过太多的坎坷，我只能是仍然用法国作家罗曼·罗兰的一句话作为自己的座右铭，并且想，也许，有的读者朋友还不知道这句话，有没有可能，原来不知道，现在知道了，也会觉得应该把它记在心里呢。罗曼·罗兰的这句话是："累累的创伤，便是生命给予我们的最好的东西，因为在每个创伤上面，都标志着前进的一步。"

图书在版编目（CIP）数据

世间多好事 / 刘心武著. -- 武汉：长江文艺出版
社, 2022. 10
ISBN 978-7-5702-2916-1

Ⅰ.①世… Ⅱ.①刘… Ⅲ.①随笔 – 作品集 – 中国 –
当代 Ⅳ.①I267.1

中国版本图书馆 CIP 数据核字（2022）第164751号

世间多好事
SHIJIAN DUO HAOSHI

图书策划：孙文霞　李　辉		责任编辑：栾　喜	
特约编辑：李　辉		封面设计：介末设计	
责任校对：刘文平		责任印制：张　涛	

出版：长江出版传媒｜长江文艺出版社
地址：武汉市雄楚大街 268 号　　　　　邮编：430070
发行：长江文艺出版社
　　　北京时代华语国际传媒股份有限公司　（电话：010–83670231）
http://www.cjlap.com
印刷：北京盛通印刷股份有限公司

开本：880毫米 × 1230毫米　1/32　　印张：8
版次：2022 年10月第1版　　　　2022年10月第1次印刷
字数：166千字

定价：59.80 元